XIAOBOSHIXUETANG

小博士学堂

寓言故事100篇

陶本一 主编

上海辞书出版社

YUYANGUSHIYIBAIPIAN

图书在版编目（CIP）数据

寓言故事100篇 / 陶本一主编 .—上海：上海辞书出版社，2016. 5
（小博士学堂）
ISBN 978-7-5326-4446-9

Ⅰ . ①寓… Ⅱ . ①陶… Ⅲ . ①儿童文学—寓言—作品集—世界 Ⅳ . ① I18

中国版本图书馆 CIP 数据核字 (2015) 第 165887 号

小博士学堂

寓 言 故 事 100 篇

陶本一 主 编
撰 稿 / 汪惠民 责任编辑 / 张玉霞 助理编辑 / 蔡端倪
责任校对 / 路永敏 封面设计 / 萧 柏

上海世纪出版股份有限公司
辞书出版社出版
200040 上海市陕西北路 457 号 www.cishu.com.cn 021-62472088
上海世纪出版股份有限公司发行中心发行
200001 上海市福建中路 193 号 www.ewen.co
浙江省临安曙光印务有限公司印刷

开本 720 毫米 ×1000 毫米 1/16 印张 6.5 字数 51 000
2016 年 5 月第 1 版 2016 年 5 月第 1 次印刷

ISBN 978-7-5326-4446-9/I · 276
定价：30.00 元

目录 contents

井蛙与海鳖

住在浅井里的青蛙成天蹦蹦跳跳的很快乐，它觉得这小小的天地实在太美妙了。

一天，井蛙对生活在东海里的鳖（biē）说："我真舒服啊！你看，我一蹦，就到井栏上了；'嗖'地一下，我又钻在井里。要想休息，井底的泥刚没了我的脚，浅浅的井水又淹不住我的头。井里的孑孓、螃蟹，谁都不如我，这儿全是我的自由天地，真是太舒服了。"说着，它又盛情邀请海鳖："您和我一块儿来享受快乐吧。"

东海的大鳖听了井蛙一番饶有趣味的介绍，慢慢地爬了过来。谁知，它的左腿还没迈进井里，右腿早就被井口卡住了。唉，那井实在太小了！于是，海鳖把大海辽阔的景象告诉了井蛙："大海的广阔，用千里之远来形容都不够；大海的深远，用八百丈那么高来形容还欠缺。无论是天下大雨，还是连续干旱，海还是那么大，海水依然那么深。生活在海里面，那才真是妙不可言呢！"

青蛙听了海鳖的介绍，非常惊讶，好像失了神，再也说不出什么话了。

像井底之蛙那样见识狭小却又自以为是的人，常常会贻（yí）笑大方。

《庄子》

小鸟与大鹏

在遥远而又荒凉的地方，有着一望无际的大海，那时的人们把这片海称为“天池”。在浩瀚的天池里，有一种叫“鲲（kūn）”的鱼，它的宽度足有几千里，它的长度更是难以估计，没人能知道它到底有多长。那儿还生活着一种叫“鹏”的大鸟。鹏高高的背脊像那高耸入云的泰山，张开的双翅一直延伸到天边。当它振翅飞翔的时候，凭借风势，可以飞向九万里的高空，背负青天，俯视大地，转眼就能飞到南海。

池塘边的小鸟鷃（yàn）雀看到了高高翱（áo）翔的大鹏鸟时，却冷冷地笑着，不以为然地说：“那么大的鸟，飞那么远干什么呢？我扑腾着，一次能飞几丈远；我在芦苇丛中飞来飞去，是多么快乐。可是这大鹏鸟，飞那么高，又那么远，究竟有多大的意义呢？又累又不值得。”说完，可怜的小鸟哼着歌儿，心满意足地在池塘边东蹦西跳。

目光短浅而又自以为是的人，绝对没有远大的志向和宽广的襟怀。

《庄子》

望洋兴叹

秋天到了，河水涨了，无数条河流奔腾着，汇入黄河。黄河宽了，水势猛了，汹涌的黄河水漫过两岸的沙洲、高地，河面宽阔得都看不清对岸放牧的牛马。

黄河之神河伯洋洋得意，它觉得普天之下最为壮观的景色就数自己了：多么宽阔，多么浩荡，多么有气派。河伯顺水飘呀飘，一直到了北海，顿时被海的辽阔震慑住了：一望无际的海面上，波翻浪涌；浩浩荡荡的海水永不止歇地奔腾向前。河伯收敛（liǎn）起骄傲的面容，充满敬意地对海神说："与小河比起来，我是很大很大；但是与您一比……我要不是到这里亲眼看一看，恐怕我将永远觉得自己最伟大了，这样一来，可就太自负了，也许将来永远会被别人取笑了……"

山外青山楼外楼，
强中还有强中手。

《庄子》

机械和手工

一天，孔子的弟子子贡路过汉水南岸时，看到一位老人抱着个瓮（wèng）从井里舀（yǎo）来水，然后提着沉甸甸的瓮跑到菜园子去浇灌。只见老人来回奔波，忙个不停，可刚浇下去的水转眼就被干渴的土地吸完了。

子贡奇怪地问："老人家，这附近有一种浇田的机械，一天可灌溉很多田地，而且用不着费多大的力气，难道您不知道吗？"那位老人一把拭去额头上的汗水，抬起头看着子贡说："那又怎么样呢？"子贡不厌其烦地解释道："那是一种很简单的机械，用几根长短不一的木头就可以做成。做得后重前轻，中间再放根木头当作轴心，把瓮或桶放在前面，提水抽引，一上一下的，又快又省力。"老人听后很生气，愤愤地说："我的老师曾告诉我，机械是人做的，会做机械的人一定有投机取巧的心理，这样就会心神不定、心地不纯。那种机械我早就见过，但我根本就不会去学，更不会去用的。"

听了老人的一番话，子贡愕（è）然了。

戴着有色眼镜去观察新生事物的人，很难接受人类的文明成果。

《庄子》

邯郸学步

寿陵有位少年，老是喜欢模仿人，但总是学不像。

有一次，他听村里人说，邯郸（hándān）那个地方人很多，也很热闹，尤其值得一提的是，那儿的人走路的姿势很好看。这位少年听后，灵机一动，暗暗想道："我为何不去看看？要是学会了邯郸人走路的姿势，这儿的人谁都比不上我，岂不神气？"于是，他悄悄离开了家，来到邯郸。可不，这里车水马龙，人来人往，热闹非凡。尤其是人们走路的样子，姿态优美，各具风采。他就跟在后面，学人走路。谁知，学着学着，前面的人走远了。他只能不停地调换着学习对象。

人们走路的样子原来就各不相同，事急的人走得快，闲逛的人走得慢；女子步姿优雅，男子行走豪迈。这位少年一会儿跟这个学，一会儿跟那个学，心猿意马，始终学不像。一气之下，他不学了。谁知这时候，他却忘了自己原来是怎么走路的。没办法，他只好两手着地，爬着回去了。

一味盲目地模仿别人，非但难以形成自己的风格、特点，相反会丧失原有的技能。

《庄子》

鲁侯养鸟

从前，有一只海鸟飞呀飞，迷失了方向，飞落到了鲁国的郊外。

鲁国的百姓捡到了筋疲力尽的海鸟，很是高兴，因为这儿远离海边，从未见过这么漂亮的鸟儿。他们就把海鸟献给了鲁国的国君。

鲁侯见到了鸟儿，十分欢喜，派士兵捧着小鸟，恭恭敬敬地把小鸟引进了太庙（供奉祖宗的地方）。然后，在杯子里斟（zhēn）上美酒，给海鸟喝；接着，鲁侯又命令乐队奏起美妙的音乐供海鸟欣赏；吩咐手下杀牛宰羊，喂海鸟吃。可怜的海鸟，从未受到如此优待，吓得头昏眼花，浑身哆哆嗦嗦的。它不敢喝一口酒，也喝不惯；不敢吃一块肉，也吃不下去；那“咿咿呀呀”的乐曲在它的耳里变成莫名其妙、难以理解的噪（zào）音，它实在太害怕了。过了三天，海鸟就死了。

做任何事情都应遵循客观规律，如果违背自然规律，结果只能适得其反。

《庄子》

纪渻子驯鸡

周宣王喜爱看斗鸡，手下供养了一批养鸡人，其中有个叫纪渻（shěng）子的驯鸡专家。

有一天，周宣王问纪渻子："你驯养的鸡可以参赛了吗？"纪渻子回答："不行，我驯养的那只鸡现在是昂着头，挺着胸，缺少耐力。"过了十天，纪渻子仍答复周宣王说："不行，一看到别的鸡，这只鸡马上就有反应，但仍不够含蓄（xù），善斗的鸡应该是含而不露。"

一个月过去了，纪渻子认为驯养的鸡还是不能参赛，虽然它外表勇猛好斗，可是只要一上阵，就怒发冲冠，浑身激动，体力很快耗尽，难以持久作战。四十天过去了，周宣王实在不耐烦了，又问道："那么长的时间过去了，难道还不行吗？"纪渻子胸有成竹地回答："可以了。您看，别的鸡都在大声啼叫，这只鸡却一声不吭（kēng）。从表面看，它呆头呆脑，毫无生气，其实它现在是注意力高度集中，听见别的鸡叫时毫不惊慌，神态自如，一上阵必胜。您看，凡是看着它的鸡，不都掉头跑了！"

后来，纪渻子驯养的这只鸡果然成为常胜将军。

积蓄足够的力量，不鸣则已，一鸣惊人。

《庄子》

借水活鱼

有条鲋鱼躺在快要干涸（hé）的小水沟里，一个劲地呻吟着。原来，连日干旱，河里的水浅了，水沟里的水也快干了。

有人经过这条水沟，听见鲋鱼的叫唤，好奇地走了过来，问道：“你在喊什么？要帮忙吗？”鲋鱼焦急地说：“您看不见我快要干死了吗？太阳再这样晒下去，沟里的水一干，我就活不成了。请您从前面的河里端个一升半斗水，救救我吧！”那人听了，想了想，回答说：“这样吧，我现在要到南方去，等见了吴越的国王，禀（bǐng）报此事，请求引来西江的水。到那时，这小水沟里的水一定又会满满的了。”

鲋鱼听后气愤极了，大声嚷道：“我马上就要干死了，现在只要有一点水，就能生存下去，等你引来西江水，我早就变鱼干了。”

那人听了鲋鱼的话，摇了摇头，显出无可奈何的样子，掉头走了。鲋鱼渐渐地干死了。

及时的帮助，即使是一点一滴，也能收到很大效果。

《庄子》

蜗牛角上的战争

自然界有种小动物叫蜗牛，它的头上有两只角，分别是两个国家。左角上的国家叫触氏，右角上的国家叫蛮氏。

这两个国家虽然疆界相连，却不能和睦（mù）相处，经常为争城掠地而交战。一会儿你打过来，一会儿我打过去，一仗下来，往往死伤几万人。这两个国家国力相等，谁也不能彻底战胜对方。这样的战争，既损耗了大量的钱财，又无谓地牺牲了众多身强力壮的士兵，真是劳民伤财又毫无益处。

世上的事不正是这样吗？天地万物，永无止境；上下四方，无边无际；人的思想和愿望，无穷无尽，永无满足的时候。以有限的精力、生命，去追逐无穷的奢（shē）望，结果只是徒劳。

人类的争权夺利，互相残杀，跟蜗牛角上的战争相比较，不过是规模大小的区别，没有性质的不同。

《庄子》

长线钓大鱼

任公子很喜欢钓鱼。有一次，他请铁匠打制了一只巨大的鱼钩，又请人搓了根长长的麻绳作鱼线。然后他来到会（kuài）稽山顶，在鱼钩上穿了五十头牛，垂钓东海。

这件事一传出，人们纷纷赶到会稽山顶，观看任公子钓鱼的壮景。时间一天天过去，却没有一条鱼上钩，围观的人渐渐地少了。人们把这件事当做奇闻，都笑话任公子的想入非非。可是任公子毫不灰心，仍然天天守在会稽山上。

一年过去了，终于引来了一条大鱼。那鱼张开大嘴，一口吞下用五十头牛做的鱼饵。沉重而又尖利的鱼钩紧紧钩住了鱼的嘴巴，大鱼疼得沉到海底，又扑腾着翻上水面，搅得海水翻涌，白浪滔天。大鱼扑腾的声音惊天动地，声震千里。

任公子终于捕到了这条大鱼。他把鱼剖开，分给乡亲们吃，人们美美地吃了好几顿。起初不以为然的人们，也都不由暗暗佩服任公子远大的眼光和不懈（xiè）的毅力。

做事要有毅力，付出的努力越多，收获常常越大。

《庄子》

学杀龙

很久以前，有个叫朱泙（píng）漫的人一心想学一门罕见的本领。

经朋友介绍，他结识了一个名叫支离益的人。听人说支离益会杀龙，朱泙漫就苦苦央求支离益收自己为徒弟。三年过去了，朱泙漫原来的千金家产花完了，总算学会了杀龙的本事。师傅教会他怎样使用杀龙的工具，又反复讲授杀龙的方法，以及如何剥龙皮、煮龙肉，甚至连龙骨的用途，朱泙漫都能够滔滔不绝地说上一套又一套。可以说，经过三年的学习，朱泙漫对龙有了很多研究，成为一个宰龙的“专家”。

学成之后，朱泙漫走遍了深山老林、天涯海角，却始终寻觅不着龙的踪迹。原来，那时世上根本没有龙，他又能到什么地方去施展自己的“奇技绝学”呢？

脱离实际，盲目追求，必定一无所获。

《庄子》

拔苗助长

古时候有个庄稼汉，总是怀疑自己田里的禾苗长不高，常常是忧虑、焦急而又烦恼。

一天早晨，他坐在田埂（gěng）边，看着绿油油的秧苗冥思苦想。忽然，他高兴得跳了起来，连声大叫：“有了！有了！多么好而又简单的办法，以前我怎么会没想到？”原来，他想到，如果把每棵秧苗往上拔一点，苗不就长得快些了嘛。于是，他走到田里，依次把秧苗拔了一遍，一小块地的苗，他整整拔了一天。直到太阳落山了，他才回去。到家后，他兴高采烈地告诉家人：“我今天可累坏了，但很高兴，因为今天秧苗长得很快，是我想出了个好主意，把苗儿一棵棵地往上拔。要不多久，就可以收获了。”

他的儿子听了也很兴奋，赶快往地里跑，想看看爸爸的新成果。谁知奔到田边一看，禾苗全都枯萎（wěi）了。

急于求成，不从实际出发，反而会遭致失败。

《孟子》

狡辩的偷鸡者

古时候，有个人每天都要去偷邻居的鸡。时间长了，邻家的鸡少了许多，就怀疑到他的身上。

有位长者知道这事后，就来劝告他："偷鸡是不道德的行为，你还是不要做这样的事吧。"那位偷鸡人听后，连连点头说："好的，我改，我改。一天偷一只鸡是多了些，我的邻居养鸡也来不及。那么从现在开始，就减少些，以后每个月偷一只。等到明年，我再洗手不干。"

那位长者听了，不住地叹息说："一天偷一只和一个月偷一只，只是数量上的不同，在性质上并没多大变化。要彻底改正错误，必须立即行动。否则，即使到了明年，也是很难改哪。"说完，摇着头走了。

知错不改，一味推脱，结果是自欺欺人而后患无穷。

《孟子》

人鸟之情

有个小孩爱在海边玩耍，时间久了，和海鸥成了好朋友。

每天早晨，只要他一到海滩，就会有许多海鸥飞来，有的低空盘旋（xuán），有的环绕在他身边。海鸥尖声鸣叫，孩子哈哈大笑，快乐无比。小海鸥们飞累了，还会停在他的肩膀和手上休息片刻。孩子很喜欢海鸥，常常带些吃的东西来喂它们。

孩子的父亲知道这件事后，就对他说："听说海鸥都喜欢和你一起玩耍，你想办法抓几只来让我看看，海鸥的肉很好吃的。"孩子起初不愿意，他不忍心自己的好朋友遭到杀戮（lù）。但是经不住父亲的软硬兼施，勉强答应下来。

第二天，孩子又来到海边，谁知海鸥见了他，躲得远远的，只在半空中盘旋，没有一只飞下来。

背弃朋友、丧失信义的人，结果只会是众叛亲离。

《列子》

朝（zhāo）三暮四

宋国有个人，特别喜欢猴子，养了一大群猴子。

时间一久，养猴人家中的粮食不多了，他只得减少猴子每天的口粮，以便细水长流。可是，他又生怕众多的猴子不听话，群猴要是发起怒来，可就不好办了。一天，他想出了个主意，就把猴子们召集拢（lǒng）来，好声好气地说：“从现在起，我每天按数发橡子，省得你们乱哄乱抢。早晨发三个，晚上发四个，够吃吗？”猴子们听了一哄而起，发起脾气来，连连说太少了。等猴子们静下来，养猴人又说：“那么增加一些，早上四个，晚上三个，怎么样？”话音刚落，猴子们欢呼跳跃起来，显得非常高兴。

早上三个，晚上四个，共七个；早上四个，晚上三个，不也是七个吗？总数没变，猴子的高兴岂不可悲！

有些人就是常常变卦，反复无常。

《庄子》

杞人忧天

从前有个杞（qǐ）国人，整天无所事事，就爱胡思乱想。有一天，他突然担心天会塌下来、地将陷下去。他愁得吃不下饭，睡不着觉，日夜不安。

他的朋友知道后，前来开导他："天是由气堆积成的，气存在整个空间，看不见，摸不着，没有重量，怎会塌下来？"杞国人听罢，又焦急地问："天要真是积气而成，那么日月星辰不就要坠落了？"他的朋友耐心地解释说："日月星辰，也是气积起来的，不同的是它们可以发出耀眼的光芒。"这位杞国人听了，又提问道："我们脚下的大地总不是气积成的吧？要是陷落了，那该怎么办？""地是由大土块聚起来的，它无处不有，无所不在，那么多的人生活在上面，它可有什么变化？"

听了朋友的一番开导，杞国人想通了，心里豁（huò）然开朗。俩人你看我，我看你，回想着刚才讨论的荒谬问题，不由地哈哈大笑起来。

不必要的忧虑和担心，非但没有益处，只会徒增烦恼。

《列子》

寻找丢失的斧头

有个人在深山里砍柴，一不小心找不到斧头了。他找来找去没找到，就怀疑起和他一起砍柴的邻居家的儿子。

他看到邻居的孩子，觉得他走路的姿势十分别（biè）扭，很不自然；再看看他的脸色，苍白而又不安；听他说话的声音，也似乎有些颤抖、紧张。于是，他觉得邻居孩子的一举一动、一言一行，怎么看都像是偷斧子的人。这样，他开始绞（jiǎo）尽脑汁考虑：找个什么借口，用什么方法盘问一番，好索回自己的斧子。

后来，这个人又上山砍柴，忽然，在一堆枯枝败叶旁看到了自己丢失的斧子。原来，在上次砍柴时，他感到有些累，就把斧子随手一放。待歇够准备寻找斧子时，夜幕已经降临了，斧子的颜色又和枯黄的枝叶相近，因此没能找到。回村后，他看见邻居孩子，就觉得他的神态、举止、言行再也不像偷东西的样子了。

没有根据，千万不可胡乱猜疑。

《列子》

纪昌学射

纪昌想学射箭，就拜射箭能手飞卫为师。飞卫告诉他说："学射箭先得练眼力，要学会看物不眨眼的本领。"

纪昌回到家里，守着妻子的织布机，凝聚目力，看织布机的梭子来回运行。两年过去了，即使是锥子尖挨近他的眼睛，他也不眨一下。纪昌去告诉师傅，飞卫听完了他的叙述，摇了摇头回答："还不行，等你把别人看不清的东西看清，把小的东西看成很大的时候，再来吧。"回到家里，纪昌用牛尾毛把一只虱（shī）子系（jì）住，悬挂在窗户上，目不转睛地看着。三年过去了，在他眼中，虱子就像车轮一样大了。纪昌找来了弓和箭，"嗖"地一下，射中了悬在牛毛上的虱子，而牛毛未断。

纪昌再去找飞卫，把这件事告诉他。飞卫听了十分高兴，说："你已经把射箭的诀窍学到手了。徒弟啊，你比我强了。"

事业的成功，来自勤学苦练和坚持不懈（xiè）的努力。

《列子》

蒙鸠筑巢

南方有一种名叫蒙鸠（jiū）的小鸟，它很善于筑巢，鸟巢做得非常精致，因此人们把蒙鸠称作“巧妇鸟”。

有一只蒙鸠在河滩边飞来飞去，衔来茅草、芦苇和羽毛，用发丝把寻觅（mì）来的材料编串起来，做成了一只精致的小巢。然后，它又把鸟巢系在芦苇秆上，作为自己的存身之处。风儿轻轻吹过，小巢晃晃悠悠的，蒙鸠住在里面，十分舒服。可是，秋天到了，一阵大风吹过，吹折了芦苇，吹落了鸟巢，鸟蛋掉在地上摔破了，里面的雏鸟也被摔死了。蒙鸠守着翻落在地的鸟巢，哀鸣声声，十分伤心。

是蒙鸠筑的巢不好吗？显然不是，而是由于鸟巢所依附的芦苇实在太不结实，经不起风雨的袭击。

沙滩上建不起高楼，浅水里养不了大鱼。没有牢固的基础，任何努力都是白费。

《荀子》

割肉称勇

齐国有两个自以为十分勇敢的人，一个住在城的西边，一个住在城的东边。两人的名声都很大，虽然从未相会过，但彼此都看不起对方。

有一次，他俩突然在路上相遇了。听随从悄声介绍了对方后，竟然不约而同地提出：“咱们一起去喝它几杯吧！”于是两人来到了附近的酒店，你一杯我一杯，暗中较起劲来，比试谁的酒量大。喝了好一会，仍不分胜负。一人说：“没有下酒菜怎么行？去买点卤（lǔ）肉来。”说着，就要叫店小二去办。另一人说：“你我身上有的是肉，何必去花钱买肉呢？来吧，你割一块我吃，我割一块你吃，看谁更勇敢。”于是，两人叫店家送上调味的豆酱，然后抽出腰刀，各自割起肉来。

过不了一会儿，这两位“勇士”就因为流血不止都奄奄一息了。

盲目逞强并不是勇敢的行为，结果只会害人又害己。

《吕氏春秋》

投婴入江

一天，有个人从江边走过，看见有人手里抱着个小孩，正准备把小孩扔进江里，小孩被吓得不停地挣扎、哭喊。

过路人连忙走上前问是怎么回事。那位抱小孩的人十分生气地对他说：“你看，这小孩真奇怪，我带他到江边来，让他游泳，他却不肯，还哭啊、叫的，真烦人。”“那么这小孩会游泳吗？”那人不以为然地说：“这个小孩的父亲擅长游泳。”

听了这话，过路人忍不住说：“你这个人真是傻得可以，他的父亲会游泳，怎么儿子就一定会游泳呢？再说那么小的孩子，你要把他一下子丢到那么深的江水里，他怎么能不害怕呢？算了，你还是赶快把孩子送回家，以免闹出人命关天的大事。”

听了过路人的一番话，那个人才恍（huǎng）然大悟，抱着小孩走了。

任何技艺只有经过循序渐进的努力学习才能逐步掌握。

《吕氏春秋》

打井得人

宋国有一个姓丁的男子，他的家里没有井，人口又多，每天必须派一人专门去很远的地方挑水，既费工夫又不方便。于是，他决定在自家的院子里打口井。

井打好了，他高兴地对别人说："我打了口井，虽然花了些钱，辛苦了一段时间，但得到了一个人。"邻居听了他的话，又告诉了其他人。传来传去，被传成"丁家打井挖到了一个人"。人们纷纷把这事当作奇闻，交相议论。宋国的国君听说后觉得很奇怪，派人到丁家去核实这事儿。丁氏诧（chà）异地回答："我说得到了一个人的意思是有了这口井，省下一个成天外出挑水的人，家里不就等于添了个帮手？"

听他这么一解释，人们恍然大悟，原来是把丁氏的话传错了。

道听途说，并且人云亦云，常会闹出笑话。

《吕氏春秋》

刻舟求剑

战国时期，有个楚国人正在乘船渡江。忽然，一阵狂风吹过，江上顿时掀起了滔天的巨浪，小船猛烈地摇晃起来，船上的楚国人一不留神，腰间佩着的宝剑便冷不防落入水中。船夫看见了，连忙惊叫起来："啊呀！快下去捞呀！"

谁知，那个楚国人却不慌不忙地伏在船舷边上，刻了个记号以表明宝剑落水的地方，然后笑嘻嘻地说："没关系！这就是宝剑落水的地方。等船靠了岸，我再下去捞吧！"

船夫听罢，丈二和尚摸不着头脑，实在搞不懂那个楚国人在搞什么名堂。

船终于靠岸了。楚国人飞快地脱去衣衫，看准船舱边的记号，便一头扎进了水中！

他在水底摸呀，摸呀，可是，怎么也找不到那把宝剑了！

事物是发展变化的，以一成不变的思想来看待事物，就难免犯楚人的错误。

《吕氏春秋》

掩耳盗钟

晋国打了败仗，京城里的官员纷纷弃家逃命。有一天，有人闯进大夫范氏的家，想顺手牵羊拿些值钱的东西。

他看见院子里有口大钟，钟是铜浇铸的，很值些钱，就想把钟拿走。可是，他上前一拎，钟很重，拎不动；他想把钟背走，钟又太大，背不起来。他想：把钟砸碎，这样带走方便些。于是，他找来大锤，使劲砸下去。铜钟发出巨大的响声，他担心起来：要是被人听见了，可就糟了。思来想去，他想出了个主意：捂起自己的耳朵，不就听不见砸钟的声音了？他爬上树，摘了几片树叶，揉成团，紧塞住自己的耳朵。

他又举起大锤，向大钟用力砸去。过路的晋兵听见范大夫家中传来巨大的钟声，跑了进来。看见有人在砸钟，就把他抓了起来。

自欺欺人实在毫无意义。

《吕氏春秋》

一蛇两嘴

大千世界的动物无奇不有，光蛇类就有上千种。不同种类的蛇有不同的形态、习性，由此产生了各种奇特的现象。

有一种叫虺（huǐ）的蛇，长相怪异。它的头部长有两张嘴，每逢捕到小动物时，这两张嘴就会同时张开，争先恐后地抢着吞食，彼此之间互不相让。有一次，一只青蛙跳到虺的面前，虺的两张嘴同时张开，分别咬住了青蛙的头部和大腿，拼命地争夺，互不相让。结果，双方你咬我，我咬你，自相残杀，直至死去。

互敬互让是做人的美德，彼此争斗，自相残杀，将会两败俱伤。

《韩非子》

依样做衣

郑国有位男子，要妻子为他做条裤子，因为他身上穿的裤子已经很破旧了。

他的妻子问道："你要做什么样式的裤子？"他回答说："随便怎样，只要能穿就行了。"他的妻子不放心，再问了句："到底要做什么样子的？"丈夫不耐烦了，没好气地说："就像我现在穿的裤子一样。"他的妻子就去买来了布，比照丈夫身上的裤子，裁剪起来。

裤子做好了，她左看右瞧，总觉得和丈夫穿的那条裤子有些不一样。她想了半天，拿起剪刀，把新做好的裤子剪破了不少地方，再把剪破的地方用布补上。这样一来，她觉得这条裤子和丈夫穿的那条裤子差不多了，就兴冲冲地拿给丈夫看。

看着打满补丁的新裤子，她的丈夫气得连话都说不出来了。

刻板行事，不知变通，小则误事，大则误国。

《韩非子》

滥竽充数

竽(yú)是一种乐器，齐宣王喜欢听人吹竽，尤其爱听人齐奏。当数百名乐师齐奏时，那雄壮的竽声令齐宣王兴奋得手舞足蹈。

有位南郭先生，听说了此事，就前去拜见齐宣王，自我介绍是吹竽的能手，能吹奏出美妙动听的乐曲。宣王很高兴，命令手下的官员热情接待南郭先生。南郭先生根本不会吹竽，但因为宣王只爱听合奏，所以每当演奏时，他就混在乐队中，手捧着竽，摇头晃脑、装模作样地吹起来。反正参加合奏的乐师很多，他混在里面也不易被察觉。就这样，南郭先生作为宣王的嘉宾，混了好长时间。

后来齐宣王死了，湣（mǐn）王继位。湣王虽然也爱听吹竽，但他只喜欢听独奏，那细而悠扬的独奏另有番情趣。这样一来，南郭先生再也混不下去，只能乘人不备偷偷溜走了。

弄虚作假即使能蒙混一时，然而终不能持久。

《韩非子》

自相矛盾

楚国有个铁匠，善于打制兵器。一天，他拿着打制好的矛和盾到集市出售。

买兵器的人不多，他的摊前冷冷清清的。为吸引买主，他举起盾，对过往的行人大声吆（yāo）喝：“嗬，都来买哪！我的盾十分坚固，没有什么兵器能刺穿它，用它防身最有效了。”人们看看他打制的盾，果然厚敦敦的，十分结实。过了会儿，他看到还是没有人买，又拎起了矛，用夸耀的口气嚷道：“我打制的矛又尖又利，不管什么东西，它都能刺穿。”就这样，为了招徕（lái）生意，他不停地叫卖着，倒也吸引了众多人的围观。

这时，人群中有人发问：“那么，用你的矛去刺你的盾，结果会怎样？”那位铁匠一听，愣住了，一句话也回答不出。围观的人看到他窘（jiǒng）迫的样子，都禁不住哈哈大笑起来。

主观愿望和客观实际要相符合，说话要前后一致。

《韩非子》

买椟还珠

楚国有位首饰匠，经常往来于各国做珠宝生意。

一次，他打算前往郑国做生意，事先便做了很多准备工作。他有一颗价值连城的珍珠，为了凸显珍珠的价值，就特意用名贵的木兰做了个椟（dú，即盒子），用当时人们喜爱的桂和椒（jiāo）把盒子反复熏染，令盒子香味扑鼻而又持久。在盒子的表面，他还用众多的珠玉镶嵌，用玫瑰石装饰，用翡（fěi）翠衬托，整个盒子做得精致极了，令人眼花缭乱。首饰匠端详着自己的精心杰作，心里非常高兴。用如此美丽的盒子来装珍珠，那么珍珠不就更值钱了？

谁知，一个郑国人被精致的盒子所吸引,他买了盒子，却把里面的珍珠还给了楚人。并且告诉这位首饰匠：值钱的是盒子而不是珍珠。

人们往往注重华丽的外表，而忽视了真正的内在价值。

《韩非子》

郑人买鞋

有个郑国人想买一双鞋子，就在家里量好自己脚的尺寸。

他兴冲冲地来到了集市上，找到了卖鞋的小摊，左看右瞧，终于挑中一双大方而又结实的鞋。正在掏钱时，他的手突然停住了。店主人看到他那为难的神情，不由问道："你怎么啦？这鞋蛮不错的，你还是买下来吧。"那位郑国人支支吾吾地嘟哝（dūnong）了几句，转身走了。原来，他忘了带尺码了。等他返回家带了尺码来，卖鞋的早已收摊走了。

他的朋友听说了这件事，很是奇怪，就问他："没带尺码有什么关系？你用自己的脚去试穿要买的鞋，不就行了？"这个郑国人不以为然地回答："我宁可相信量好的尺码，也不相信自己的脚。"

墨守成规，不从实际出发的人是十分愚蠢的。

《韩非子》

守株待兔

宋国有位农夫，整天在田里忙碌。有一次他看见远远的有只野兔跑过，就想：能抓住它该有多好，晚上就有香喷喷的兔肉吃了。

说来也巧，前面不远处有一截（jié）树根，野兔跑得很快，不知怎么搞的，一头撞在了树根上，倒了下来。农夫连忙跑过去一看，原来野兔的脖子被撞断了。农夫拣起野兔，回家美餐一顿。从此，他不再干活，成天守住那截树根，希望能有更多的野兔在这儿撞死，自己可以白捡现成的。

可是，他再也没有捡到兔子，却白白地浪费了时间，地里的庄稼也荒芜了。

想要不劳而获，寄希望于偶然的巧合，得到的只能是失望。

《韩非子》

画蛇添足

楚国有个贵族在祭祀（sì）后赏给手下人一壶酒。那酒香气扑鼻，谁都想喝。可是一壶酒太少了，如果大家平分的话，还不够一人一口的。于是有人提议说："我们比赛画画吧，就画一条蛇，谁先画好，这壶酒就给谁喝。"

大伙都认真地趴在地上画蛇，其中有一个人画得特别快，三笔两笔就画成了一条蛇。于是，他得意洋洋地拿过了酒壶："哈哈，这壶酒归我了。"正想喝的时候，他回头一看，见还有好几人连蛇头都没画好，便骄傲地说："看样子我给蛇加上几只脚后再喝也不迟。"

于是，他一手拿酒壶，一手开始给蛇添脚。这时，又有一个人画完了，他上前一把夺过第一个人手中的酒壶，说："我已经画完了，可你还在画！而且，蛇根本没有脚，你硬给它添上脚，那就不是蛇了，所以，这壶酒该我喝。"

那个给蛇添脚的人，最终失掉了已经到嘴边的美酒。

多此一举，反而弄巧成拙。

《战国策》

狐假虎威

在密密的大森林里，有一只老虎正在到处寻找食物。忽然，一只狐狸从身边窜过，老虎猛扑过去，一把便抓住了它。

眼看就要大难临头，但狐狸还是很镇静，它故意装出一副很高傲的样子，不慌不忙地对老虎说："你怎么敢吃我！告诉你，我是天帝派下来管理百兽的，你吃了我，就是违抗了天帝的旨意，你敢吗？"

老虎一下子竟被唬（hǔ）住了。它不知道天帝是不是真的派狐狸来管理百兽，狡猾的狐狸一看老虎半信半疑的样子，便煞有介事地说："假如你不相信我说的话，我可以带你到百兽面前走一趟，看看它们是不是怕我。"

狐狸和老虎，一个在前，一个在后，朝密林深处走去。森林里的各种野兽，看见狐狸后面跟着一只老虎，一前一后地走过来，都吓得四处逃窜。

狐狸借着老虎的威势，吓走了百兽，可是老虎不知道百兽是害怕自己才逃走的，还以为百兽真的是怕狐狸呢。

社会上也有一些像狐狸那样借别人权势和威风来吓唬、欺压弱小者的人。

《战国策》

麋鹿落网

麋（mí）鹿生性机灵，加上跑得快，所以人们很难逮住它。

一天，麋鹿看到有个猎人在山坡下张了个网，然后把动物往网里赶。动物们向前奔逃，撞进网里，一下子就被猎人捉住了。麋鹿想："哼，我才不会像它们那么傻，轻易上你的当呢。"

终于，猎人过来赶麋鹿了。可是麋鹿并没有像其他动物那样往前奔逃，而是掉转身子，直向猎人冲去。猎人措手不及，只好眼睁睁地看着麋鹿从身边跑掉。如此反复了好几次，猎人望着得意洋洋的麋鹿，终于明白麋鹿狡猾的习性。

于是，猎人又扎了一个新网，并在网上伪装了一些树枝，然后带着网朝麋鹿走去。麋鹿见了，还是照老样子朝猎人冲去，没想到这次却冲进了猎人的网里。

过分迷信老经验，就不可避免地要犯错误。

《战国策》

惊弓之鸟

战国时候，有一个神箭手叫更羸（léi）。有一天，更羸在后花园里陪魏王喝酒。这时，正好有一群大雁从头上飞过，更羸便说："我为大王表演一下不用箭就能把大雁射下的技巧吧。"魏王还以为自己听错了，问道："不用箭能把大雁射下来？"更羸肯定地说："能。"

过了一会儿，有一只孤雁慢慢地飞过，一边还悲哀地鸣叫着。更羸拿起一张强弓，拉了满弦，但弦上并没有箭，然后"嗖"地虚射一箭。不可思议的是，那只大雁竟然真的应声落下。魏王简直有点不相信自己的眼睛，惊叹道："这样的射箭技术真是神了！"

更羸笑了笑，解释说："其实并非我的技术特别高超，而是因为这只雁本来身上带伤，它听到弦声后，自己吓得掉下来了。"魏王更奇怪了："大雁在天上飞，你怎么会知道它受过伤？"更羸说："它飞得很慢，是因为它的伤口还没有愈合；它叫的声音很悲哀凄厉，是因为它长久失群。这样的大雁，一直有恐惧的心理，听到弦声，它就拼命拍打翅膀往上飞，一下子就牵动了旧伤，所以就掉下来了。"

受过惊吓的人，就像惊弓之鸟一样，往往听到一点儿动静就非常害怕。

《战国策》

南辕北辙

战国时候，魏国有个人要到南面的楚国去。他收拾好行李，带了足够的路费，又雇了一辆四匹好马拉的车和一个很有经验的车夫，就很快上路了。

路上，他遇到了老朋友季梁，他对季梁说："我要到楚国去。"季梁觉得很奇怪，楚国在魏国的南面，可他却往北走，这怎么走得到呢？季梁赶紧告诉他说方向错了。

可是那人满不在乎地说："没事，我的马非常健壮，它们走得快。"

季梁说："你的马确实很不错，可是这条路并不是去楚国的路呵。"

那人还是满不在乎地说："没关系，我带了很多的路费。"

"你的路费虽然很多，可是这条路与你要去的楚国正好反了方向。"季梁又说。

那人说"没事，我的车夫赶车技术很高明。"季梁听了又好气又好笑："如果方向错了，你的马跑得越快，路费越多，赶车的人技术越好，不是离目的地越远了吗？"

如果迷失了方向，即使条件再优越，也难以达到目的。

《战国策》

伯乐相马

伯乐是古代一位很有名的相马师，无论马的模（mú）样如何，他一眼就能看出是不是好马。因此，当时的人判断千里马时，都以伯乐的推荐（jiàn）为权威。

一天，燕国有个人要把自己的一匹骏（jùn）马卖掉。他原以为，这么好的一匹马，只要牵上集市，就会立即被人抢着买走的。谁知他一连三天牵着马站在集市上，竟连一个想买这匹骏马的人也没有。

于是，他便去找伯乐。他对伯乐说：“我有一匹骏马想卖掉。可是三天过去了，连个前来问价的也没有。我想求你帮个忙。你不用说一句话，只要绕着这匹马细细地看一回，离开时再回头看一眼就行了，我会付给你很高的报酬的。”

伯乐答应了这个人的要求，绕着马仔细地看了一圈，离开时又回头看了一眼。周围的人看到伯乐这么重视这匹马，都纷纷争着要买，结果竟使马价一下子涨了十倍。

有才能的人就像千里马，并不一定能为社会所承认，有时候还必须要有伯乐的推荐。

《战国策》

鹬蚌相争

一天，太阳很好，河滩上暖烘烘的。一只河蚌从水中爬到河滩上，张开壳想安安静静地晒一会儿太阳。这时候，一只鹬（yù）飞过来，看到河滩上有一块鲜嫩的蚌肉，心中一阵喜欢，心想，今天算有口福了。于是，鹬就用它那又长又细的尖嘴去啄河蚌。蚌正在舒舒服服地享受着阳光，忽然感到一阵疼痛，连忙把壳合上，正好把鹬的嘴夹住了。鹬猛烈地左右甩着头，想借力把蚌甩掉，可是蚌夹得非常紧，鹬怎么也甩不掉。

鹬有点着急，生气地说："今天不下雨，明天不下雨，你就会渴死的，你还不快松开！"

蚌一听也着急了："我偏不松开。今天不松开，明天不松开，直到把你饿死，看你还敢吃我吗？"

鹬的嘴紧紧咬着蚌肉，蚌壳死死地钳着鹬嘴，谁也不让谁。这时，有个渔夫走过来，不费吹灰之力就把它们捉住了。

意气用事，互不相让，往往就会两败俱伤，让第三者坐收其利。

《战国策》

口眉眼鼻争辩

人的脸上有眼睛、眉毛、鼻子和嘴巴，它们各有各的用处，并没有什么高低贵贱之分。可是有一天，它们为了争功劳，却吵了起来。

先是嘴和鼻子争高低，嘴说："我能品尝美味佳肴，我能谈论古往今来的功过是非，我能在人际交往中讲出优美的语言，凭什么我在下面，你鼻子却反而在我上面？"

鼻子一听不服气了："要是没有我，人就分不出香臭；要是没有我，人就没法呼吸通气，所以我不但应该在你的上面，而且应该长在眼睛的上面。"

眼睛听了非常生气，说："我近可以看清毫发，远可以望到天边。人要是没了我，不但不能看东西，甚至没法走路。"说完，它对眉毛说："你有什么能耐，却居于我之上？"

眉毛轻轻一笑，说："我虽然没有什么很实际的用处，就像世间的宾客无益于主人一样。但是，没有了宾客也就没有了礼仪，要是没有我这眉毛，还能算什么面孔？"

它们争了半天，谁也没法改变自己的位置。

以己之长，比人之短，自以为天下第一，实在是一种极其浅薄无知的表现。

《唐语林》

黔（qián）驴之技

很久以前，贵州一带没有驴，那儿的人们也不知道驴长得啥模样。有个好事的人从别处运来一头驴，可是运到后又没有什么用，就把它放养在山脚下。

山中的老虎从没见过驴，还以为是什么神灵，只好偷偷地躲在树丛里往外看。它发现驴只是平静地低头吃草，并没有攻击它的意思，便悄悄地走出树林，小心翼翼地靠近驴。没想到，那驴突然仰起脖子大叫一声，老虎吓了一跳，以为驴要咬它，赶紧走远。

过了几天，老虎又回来悄悄地观察驴，它渐渐习惯了驴的叫声，觉得驴其实没有什么可怕的地方，于是就逐渐靠近驴，故意碰一碰它，一会儿又撞一撞它，变着法儿逗弄驴。驴终于生气了，它转过身去，用腿猛踢老虎。

“原来这家伙就这些本事。”老虎高兴极了。大吼一声，猛扑过去，一口咬住驴的喉咙，然后饱餐一顿驴肉，大摇大摆地走了。

有些貌似不可一世的人物，一旦有限的本领用完，就难免为人所唾弃。

《柳河东集》

财迷心窍

有几个人乘小船横渡湘江，船到江心，突然刮起了大风，一个浪头就把小船打翻了。好在那地方的人都识水性，于是各自施展本领，向岸边游去。

风大浪急，为了逃生，大家都使出了全部的气力与风浪搏斗。可是其中有个人却慢慢落在了后面。他的同伴说："平时你可是最会游泳的，今天怎么不行了，要不要我帮忙？"那人说："我也想游得快点，可是我腰上缠着上千枚铜钱，分量很重，所以我再用力也游不快。"同伴忙劝说："生死关头，钱是身外之物，赶紧扔掉它吧，活命要紧。"可是那人摇摇头，继续咬紧牙关拼命往前游。

过了一会，他已经筋疲力尽了，岸上的同伴向他大声喊道："不要财迷心窍了，命都要保不住了，还不把钱扔掉！"那人仍然摇摇头，艰难地往前挣扎着，一个浪头打来，他再也没有力气了，就被淹死了。

贪婪（lán）成性，执迷不悟，最终人财两空。

《柳河东集》

吹哨的猎人

楚国有个猎人，打猎的技术极为一般，平时只能猎取一些较小的野兽。可是他有一绝招，能用竹管做的哨子模仿各种野兽的叫声，听起来就像真的一样。

一天，猎人带上了弓箭去打猎。选好埋伏地点后，他先用竹哨吹出鹿的叫声，以招引真的鹿来。一会儿，果然招来了一头鹿，猎人弯弓搭箭，正准备射击，没想到附近有只山狸，它听到鹿鸣声，“嗖”地一下子蹿了出来。猎人吓坏了，因为山狸会伤人，但他又知道山狸怕老虎，于是急忙用竹哨吹出老虎吼声，山狸听到虎啸声，果然掉头就跑。

谁知山狸虽然逃走了，却又引来了一只真老虎，猎人吓得浑身发抖。但他还是想起老虎怕熊，于是赶紧模仿熊的咆哮（páoxiào）声，老虎听到熊的声音，“唰”地一下蹿入山林中不见了。

猎人正在庆幸自己会吹哨子才得以保全性命，谁知抬头一看，一只大黑熊咆哮着朝他走来。原来这只熊听到同伴叫声，赶忙过来寻找，可是走近一看，却是个人在吹哨子。猎人这回吓得连竹哨也掉到了地上，大熊猛扑过来，几下就把他撕成了碎片。

光靠一些花哨的功夫，没有真本事，迟早会吃大亏的。

《柳河东集》

自作聪明的乌贼

乌贼有一种奇特的本领，它会从嘴里吐出乌黑的液体，使海水变黑。这样，它就能逃避敌人的追捕了。

有一天，海面上风平浪静，阳光灿烂，一只乌贼正懒懒地晒着太阳，好不悠闲自在！突然，它似乎想起了什么，赶紧喷出一大片黑水，将自己严严实实地包围起来，心中还暗自得意："这下，再凶猛的大鱼也看不见我了吧？真安全哪！"

这时，一只正在海上觅（mì）食的海鸟看见这一块乌黑的海面，不禁觉得非常奇怪："周围的海水都是清澈（chè）透明的，这团黑水到底是怎么回事呢？"那海鸟边飞边想，猛然间它醒悟过来："肯定有一只大乌贼放出了黑水！"于是，海鸟欢快地长叫了一声，猛地冲向了这团黑水……

不一会儿，海鸟胜利地抓着一只浑身发抖的乌贼，飞向远处的海礁。它要慢慢地享用这顿美味的"午餐"了！

聪明反被聪明误，这只乌贼正是最好的说明。

《柳河东集》

与狐谋皮

周地有个人特别喜欢穿皮衣、吃羊肉，可他偏偏又是个正人君子，从不杀生。甚至也从不勉强动物去做它们不愿做的事。然而要穿皮衣、吃羊肉，又非得杀生不可。这可实在难坏了他。

有一年，周人想缝制一件上好的狐皮大衣，可是手里又没有现成的狐皮，怎么办呢？周人想，只有找狐狸好好商量，请它自愿将身上的皮捐出来。这样既能穿上狐皮大衣，又不失正人君子的美德。于是他就找到狐狸，可是没等他把话说完，狐狸们就都逃走了。

周人又想用一只羊作为祭祀的食品，可是他不想落个杀生的坏名声，于是就对羊说："羊啊羊，我是正人君子，决不会伤害你，可是我祭祀时确实需要羊肉，你能把身上的肉捐给我吗？"羊一听，全躲到树林里去了。

就这样，周人花了十年时间，也没做成一件狐皮大衣，更没得到一只祭祀的羊。

请别人自愿牺牲利益来满足自己的需要，这样的如意算盘永远只能是一厢情愿。

《太平御览》

猴子分鱼

在一条河边住着两只猴子。有一天，它们从河里捉到一条大鲤鱼，可是不知道怎么分才能互不吃亏，只好一起守在鱼边上。

过了一会儿，有只野狗来河边喝水，它看见两只猴子呆呆地守着一条大鱼，不由地眼睛一亮。野狗假装很亲热地问道："可爱的小外甥，你们怎么不在树上玩，而傻坐在这里啊？"

猴子看见野狗这么和蔼可亲，心里很高兴。它们想，野狗见多识广，求它来分鱼，一定会十分公平。于是猴子就说："野狗舅舅，我们捉到了一条鲤鱼，可是不知该怎么分才公平，您能帮我们分一下吗？"

野狗忙说："可以，可以，不过你们必须绝对服从我才行。"猴子说："当然，当然。"野狗接着问："你们俩谁喜欢到浅水里去？"一只猴子立刻站了出来。野狗又问："你们俩谁喜欢到深水里去？"另一只猴子连忙伸出长臂。野狗说："现在，我们把鱼分为三份，喜欢到浅水去的应该拿鱼尾，喜欢到深水去的可以得鱼头，我帮你们解决了如何分的问题，所以，中间的那一段肉应该归我。"内部不团结，必然是外人得益。

《法苑珠林》

猴子捞月

很久很久以前，迦尸国有一片空旷的山林，山林里住着一群猴子。一天晚上，猴子们来到一棵大树上玩耍。树下有一口井。忽然，猴王看到井里有个月亮在浮动，便大声对众猴子说：“不好了，月亮掉到井里去了。我们该想办法把它捞出来才行，要不这世界上每天晚上就都黑沉沉的了。”

猴子很快聚集到了一起，七嘴八舌地商量着怎样才能把月亮捞上来。过了一会儿，猴王说：“有办法了。我先抓住树枝，你们抓住我尾巴，这样一个连一个，就可以下到井里捞月亮了。”

猴子们立刻按照猴王说的办法，一个抓住一个，挂成一长串，眼看就要接近井中的水面了，可是最上面的树枝经受不住这么多猴子的重量，“咔嚓”一下断了。猴子们都掉入了井里，等到它们好容易从井里爬出来，抬头一看，月亮已经挂在天上了！

盲目行事，难免徒劳无功，白费心机。

《法苑珠林》

楚人隐形

楚国有个人，非常喜欢读书。有一天，他看到有一本名叫《淮南方》的书上说："螳螂捕蝉时隐藏过的树叶，放在人身上，具有隐形的功效。"楚人读后非常兴奋，心想："要是找到这样的树叶，别人不就看不到我了吗？"

于是他整天到树下仰头观察，寻找这种神奇的树叶。有一天，他真的发现有一只螳螂利用树叶作掩护，伺机捕蝉。楚人大喜，赶紧摘下这片叶子，谁知一不小心，手中的这片叶子竟掉到了地上，而地上原来就有许多树叶，树叶的形状又都差不多，实在无法分出哪片才是螳螂捕蝉时隐藏过的叶子。楚人愣了半天，最后只好捧了好多叶子带回家。

到了家里，他先拿起一片树叶遮住自己，然后问他的妻子："看得见我吗？"妻子说："看得见。"于是他又换一片树叶遮住自己，再问他妻子。他妻子开始时总是回答说："看得见。"可是见他问个没完，实在觉得厌烦，就敷衍（fūyǎn）说："看不见了。"

楚人心中一阵激动，以为真的找到能隐身的树叶，就带着这片树叶走到集市上，当着人家的面偷东西，可是立即被人抓住了。

读书要有一定的思辨能力，不能盲目相信书本。

《笑林》

对牛弹琴

公明仪善于弹琴，那优美动听的曲调，无论是达官显贵，还是平民百姓，没有不为之陶醉的。公明仪非常得意，可是他又觉得有点遗憾，因为每当他弹琴的时候，周围的人都会停下手中的事，专心致志地欣赏他的琴声，可是附近的牛却都无动于衷，没有一头牛会停止吃草而跑来听他弹琴。

公明仪决定专门为牛表演一场。这天，他拿着琴来到草地上，对着正在吃草的牛弹起了最高雅的曲调，可是牛仿佛没有听见似的，一头头只顾低头吃草。于是公明仪又弹起模仿蚊子的嗡嗡声和小牛犊寻找母牛的哞哞声的曲调，牛立刻摆动起尾巴，竖起耳朵，专心地听了起来。

公明仪这才明白，牛可不管什么音乐的“雅”和“俗”，只有它觉得入耳时，才会有反应。

分不出音乐的雅和俗的人，固然很浅薄，可是不分对象的弹琴者，同样也可悲可笑。

《牟子》

长生不死之术

从前有个住在华山上的人，自称会长生不死的法术，人们对此都十分稀罕，于是一传十，十传百，一时间全国上下都知道了这件事。

南方有个学炼丹的道士，苦心炼了十几年，始终没有炼出能使人长生不死的仙丹。他听说华山有人会长生不死之术，便决心前去拜师。

道士日夜兼程，历尽千辛万苦，终于来到了华山，可是一打听，那个会长生不死法术的人就在几天前死了。道士不由得捶胸顿足、嚎啕（háotáo）大哭，怨恨自己来迟了。

有个过路的农夫见此情景，便询问道士为何如此悲痛。道士便把华山这人会长生不死之术，自己诚心来拜师的事一五一十地讲了一遍。农夫听了，不由地哈哈大笑，说："如果那人真的会长生不死的法术，那么他怎么会死呢？如果他根本不会这种法术，那你又有什么可伤心的呢？"

把唬人的把戏当作学问去学，是十足的傻瓜。

《孔丛子》

杯弓蛇影

晋朝乐广在河南做官的时候，有个朋友跟他交往很密切。可是有段时间，这位朋友忽然不来了。乐广很惦记这位朋友，便抽空上门去拜访。一进门，只见朋友面色憔悴，一脸病态，乐广连忙关切地问他生了什么病。

朋友说："上次在你家喝酒，刚举起杯子要喝的时候，忽然看到酒杯中有一条蛇，当时就觉得恶心。喝完酒回到家后就病了，吃什么药也不管用。"

乐广心里很纳闷，酒中怎么会有蛇呢？回到家后，他左思右想，反复观察，终于发现墙上挂着一把弓。正是这弓的影子映在了酒杯里，所以乍看好像有条蛇在杯里似的。

于是乐广再次邀请朋友来家做客。乐广重新倒了一杯酒，放在原来的位置上，然后问他杯中是否有蛇。朋友说："有蛇，就跟上次见到的一模一样。"乐广笑着指着墙上的弓，告诉他杯中的蛇不过是墙上这把弓的倒影罢了。这位朋友恍然大悟，一直治不好的病顷刻间就好了。

好犯疑心病的人，最好多进行些调查研究，不要自己吓自己。

《晋书》

螳螂捕蝉

园子里有一棵榆树，树上有一只蝉。四周非常安静，蝉一边吸吮（shǔn）着清凉的露水，一边拍打着翅膀，愉快地鸣叫着。

这时候，一只螳螂悄悄向蝉靠近，可是蝉一点也没发觉身后的威胁，还是尽情地享用着甘美的露水。螳螂曲起脖子，举起像镰刀一般的前脚，正要捕食这只蝉，不知什么时候一只黄雀悄无声息地停在它的后面。螳螂一心想吃掉眼前这只蝉，一点也没感觉到死亡正在向自己逼近。黄雀伸长脖子满以为一顿美餐已稳稳到嘴，就在黄雀想要啄食螳螂的时候，一个手里拿着弹弓的孩子朝榆树走了过来，他看到树上有一只黄雀，便拉开弓，瞄准黄雀，然后屏住呼吸，慢慢地向榆树靠近。那孩子一心一意地想射下那只黄雀，却不知前面正好有个深坑，身后又有个树墩（dūn）。

这些虫、鸟和小孩能得到他们想要的东西吗？

不要为了贪图眼前的利益而不顾身后潜伏的祸患。

《韩诗外传》

金钩桂饵

鲁国有个富人，十分喜欢钓鱼，他每次出去钓鱼，必然是前呼后拥，浩浩荡荡。有一天，他突发奇想："要是有一根贵重华丽的鱼竿，一定会钓到很多鱼的吧。"

于是，他用黄金打了个鱼钩，又在鱼竿上缠上银丝，镶嵌上碧玉，并用翡（fěi）翠丝线制成鱼绳，用桂花香料做成鱼饵。一切准备停当，他又带着手下钓鱼去了。

他得意洋洋地用那华贵的钓具开始钓鱼，可是等啊等，老半天过去了，没有一条鱼咬钩，而不远处有一个白发垂胸的老者，手里拿着一根用荆条做成的简陋（lòu）鱼竿，却接连不断地钓上一条又一条大鱼。

富人十分纳闷，只好前去请教。老人笑呵呵地说："能不能钓到鱼，关键不在钓具是否华美。你的那根镶满金银宝石的鱼竿虽然十分漂亮，但在下钩的时候叮当乱响，反而把鱼吓跑了；你那些桂花香料确实十分名贵，但却不是鱼儿爱吃的东西，那怎么能钓到鱼呢？"

过分追求形式反而会适得其反。

《阙子》

塞翁失马

在离边塞（sài）不远的地方，住着一位老翁。有一天，他家的马挣断缰（jiāng）绳，越过边境，跑到塞外胡人的地方去了。邻居们都为他惋惜，到他家来安慰他。可是老翁却若无其事地说："谁能肯定说这一定是坏事而不是好事呢？"

过了不多久，那匹丢失的马自己回来了，而且还带来了一匹胡人的骏马。邻居们都来表示祝贺，可是老翁却显得有点担忧。他说："白得一匹骏马未必是好事，说不定还会因此招来祸事呢。"

果然，有一次，老翁的儿子骑着那匹胡马出去玩，不慎从马上摔了下来，把腿摔断了。邻居们又来表示慰问，老翁却说："摔断了腿，也未必是坏事啊！"

过了一年，胡人大举入侵，青壮年都应征入伍，上前线打仗去了。老翁那个村庄的小伙子，十有八九都战死了。老翁的儿子因为腿瘸（qué）而没有当兵，才幸免一死。

在一定条件下，
好事可以变为坏事，
坏事可以转为好事。

《淮南子》

叶公好龙

从前，有个名叫叶公的人，非常喜欢龙，简直到了如痴如醉的地步。叶公无时无刻不与龙为伴，他的衣带钩上画着龙，他的酒杯上刻着龙，甚至连房梁上也雕满了龙。

天上的真龙听说人间有这么一个喜欢龙的人，非常感动，决定亲自下凡到人间见上叶公一面。

一天，真龙驾着彩云，自天而降。叶公正在家里专心致志地画龙。哇，他笔下的龙，披着金黄色的龙鳞，挥舞着坚锐的龙爪，显得无比威武神气。真龙把头伸进窗子，向叶公友好地点点头。谁知叶公一见到真龙，吓得面色发白，魂不附体，掉头就逃。真龙在后面一面追，一面说："我是真龙啊，特意下凡来见你。你不是很喜欢龙吗？为什么要逃跑呢？"

弄虚作假的人往往经不起事实的考验。

《新序》

猫头鹰搬家

猫头鹰虽说会抓田鼠，可是它那叫声尖利而凄惨，令人毛骨悚（sǒng）然，所以人们都不喜欢它。猫头鹰觉得很委屈，决定远走高飞，搬到东边去住。

一只布谷鸟迎面飞来，它看见猫头鹰闷闷不乐地一个劲儿往东飞，便问道："猫头鹰大哥，你往哪儿去啊？"

猫头鹰说："我要搬到东边去。"

布谷鸟觉得很奇怪："你在这里生活得好好的，为什么要搬家呀？"

猫头鹰委屈地说："这里虽然不错，也有足够的食物，可是这里的人都讨厌我的叫声，说什么我的声音不吉利。我伤心极了，所以决定搬到东边去。"

布谷鸟说："如果搬到了东边以后，你的声音会变得好听起来，那你不妨搬家；如果你不能改变你的声音，无论搬到什么地方，人们不还是会讨厌你的叫声吗？"

如果不能克服自己的缺点，无论怎么改变环境，都不会受人欢迎。

《说苑》

狡猾的乌鸦

从前，有一只漂亮的大公鸡，长长的羽毛五颜六色，脖子上还有一圈红红的绒毛，仿佛系着一根鲜艳的红领带。

有一天，大公鸡正在草地上和小鸟们玩耍，突然，一只凶猛的老鹰从天上猛冲下来，叼起一只小鸟便腾（téng）空而去！说时迟，那时快，大公鸡奋力一跃，尖利的嘴狠狠地啄（zhuó）在了老鹰的脚爪上！那老鹰痛得一哆嗦，慌忙松开爪子，落荒而逃。小鸟终于得救了！从此，大公鸡更注意保护小鸟们了。

不久后，一只乌鸦也加入了小鸟们的队伍。只见它整天和小鸟们一起玩耍，吃东西的时候，却从不争食；看到大公鸡，便装出一副正人君子的样子。时间一长，大公鸡就丧失了警惕（tì）性，还把乌鸦看作了自己的亲兄弟。

终于，乌鸦露出了它的本性。那一天，它乘大公鸡不注意，抓起一只小鸟就飞向了天空！大公鸡毫无防备，竟然一下子愣住了。等它清醒过来，可怜的小鸟只剩下几根鲜艳的羽毛了。

大公鸡后悔莫及。可是，一切都已经晚了！

识别伪装的敌人是最困难的。

《燕书》

不禽不兽

传说中，凤凰是百鸟之王，世界上所有飞禽都归凤凰管辖（xiá）。

有一年，凤凰过生日，所有的鸟类都兴冲冲地赶来祝贺，唯有蝙蝠偏偏不来，凤凰很生气，责备它说："你也是鸟类，在我的管辖之下生活，为什么如此无礼，不来拜寿呢？"

蝙蝠却说："你是百鸟之王，只能管辖鸟类。我有脚，属于兽类，才不归你管呢，我为什么要来给你拜寿呢？"

没多久，麒麟（qílín）也过生日了，那麒麟可是百兽之王，世界上所有的走兽都归它管辖。那一天，群兽纷纷前来祝寿，很是热闹，但谁也没看见蝙蝠的影子，麒麟大为恼火，谁知蝙蝠却振振有词地说："我有翅膀，当然是鸟类啦！我又不属你管辖，你过生日，关我什么事！"

几天后，凤凰和麒麟正巧相遇，它们说起蝙蝠的事情，都在摇头，说："真没想到，世界上还有如此投机取巧的东西，连禽兽都不如，真是不禽不兽啊！"

投机取巧、耍弄花招的人终将被唾弃。

《笑府》

八哥学舌

八哥是南方的一种鸟儿，它模仿人说话惟妙惟肖（xiào），所以很受人的宠爱。

有一天，八哥正停在庭院的鸟笼中，得意地学人说话。忽然，树上的一只知了高声地鸣叫起来。那微微嘶哑的声音，打扰了八哥“说话”的雅兴。八哥很生气，便大声地训斥知了：“哼！这么难听，还好意思叫呢！真不害羞！”

谁知，知了听后，却理直气壮地说：“我鸣叫得虽然难听，却是按照我自己的意思在叫，想怎么叫就怎么叫。可是你呢？虽然能模仿人说的话，说得流利动听，但你所说的没有一句是自己的话。你想想看，到底谁该害羞？”

八哥听了这番话，不由得羞愧地低下了脑袋。

那些没有自己的劳动创造、只会模仿别人的人，不过是一只学舌的八哥而已。

《叔苴子》

懒人搔痒

从前，有个很懒很懒的人。一天，太阳已升到了半空，懒人还躺在床上睡懒觉呢。睡着睡着，懒人忽然觉得头皮有些发痒。于是他便大叫起来："快来人哪！"

他的儿子不知道发生了什么事，便慌忙地奔了进来。只见懒人躺在床上，懒洋洋地说："我的脑袋有些发痒，你替我搔一搔！"儿子又好气又好笑，也不答话，便伸手搔了起来。

"不对！再靠左一点儿！"

"不对！不对！再向下，还要向下！"

懒人躺在被窝中，嘴里还不停地嚷嚷着。接连三次，儿子都没有搔到痒处。懒人越发恼火了，大声地责怪起儿子。

懒人的老婆听见房中乱成一团，也赶忙奔了进来。等到问清了原因，她便说道："算了，别嚷了！还是我来吧！"

想不到，老婆一连搔了五次，还是没有搔到痒处。于是懒人发怒了："老婆、儿子都是我最亲近的人，为什么要如此为难我呀？"

说着，懒人自己一伸手，一下子便搔到了痒处！

自己的毛病，自己最清楚，克服身上的缺点，只能靠自己。

《贤奕编》

兄弟争雁

从前，有兄弟两人一起在林中打猎。忽然，一只肥壮的大雁飞过来，落在他们面前。

哥哥连忙从背后取下了弓箭，瞄准了大雁准备射击，一面还说道：“射下来就煮着吃吧！”

弟弟在旁边听见了，连忙说道：“大雁烤着吃才香呢！”

哥哥不高兴了：“我说煮着吃，就要煮着吃。”

“我一定要烤着吃！”弟弟也嚷了起来。

兄弟俩为此争执不休，最后决定请一位老伯来评理。

老伯听完了他俩的诉说，不禁笑道：“都别争啦！一半煮，一半烤，这不都好了嘛！”

兄弟俩想了一想，这倒是个好办法。于是两人重归于好，决心照此办理。

兄弟俩又回到原来看见大雁的地方，说定等射下大雁时就剖成两半，一半儿煮着吃，一半儿烤着吃。

可是，这时候哪里还会有大雁的影子呢？

无谓的争执，导致错失良机，最后一事无成。

《贤奕编》

爱学舌的八哥鸟

八哥鸟最喜欢学舌了，它有事没事总要跟着别人瞎起哄。

有一天，一只老虎从山上经过。它威风凛（lǐn）凛地走进了树林，霎时间，矮小的灌木、娇艳的鲜花纷纷被踩倒了，连树枝上的喜鹊窝也被震得摇摇欲坠了。

于是，一大群喜鹊纷纷从鸟窝中飞了出来，它们围着老虎盘旋，并大声地叫嚷。八哥鸟听见了赶忙从土洞中钻了出来，不分青红皂白，学着喜鹊的样子，也呱呱地大叫起来。

叽叽喳喳的叫声，惊动了正在休息的乌鸦。它赶忙从栖息的树枝上飞下来，打听消息。

喜鹊告诉它：“我们害怕老虎经过时掀翻了鸟窝，所以一起叫了起来，想把老虎赶跑呢！”

乌鸦又去问八哥。八哥鸟摸了摸脑袋，连自己也不明白是怎么回事，被问得张口结舌。

乌鸦笑了，说：“喜鹊的窝建在树上，当然害怕老虎掀翻了鸟窝，所以才大叫起来；你的窝在地上的土洞里，又不怕被老虎震翻，你为什么也要跟在别人的后面大喊大叫呢？”

八哥羞愧地低下了脑袋。

遇事要有主见，不应该人云亦云。

《郁离子》

孔雀的尾巴

雄孔雀有一条美丽的长尾巴，翠绿的底色，上面闪烁着金黄色的花纹，在阳光下光彩夺目，可漂亮啦！

孔雀非常喜爱它的长尾巴，时常开屏，自我欣赏。在山中栖息的时候，孔雀一定要先寻找一个干燥的地方，仔仔细细地藏好尾巴，然后才会安然入睡。遇上雨天，那孔雀可就忙乎开了！它东躲西藏总想先保护好自己的尾巴。天一放晴，它便会赶忙跑出藏身的树林，挑选一块空旷的草地，在太阳底下一心一意地晾（liàng）晒着那心爱的长尾巴。

于是，猎人们总是在雨过天晴的时候，拿着捕鸟的罗网，来捕捉孔雀。平时，孔雀的胆子很小，一看见人影便会远远地逃开。可这时为了自己心爱的尾巴，它们往往迟疑着不肯马上飞走。

于是，猎人们毫不犹豫，马上用网捕捉了孔雀。为了一条尾巴而丢掉了宝贵的生命，孔雀是多么的愚蠢呀！

遇事要分清主次轻重，不能因小失大。

《权子》

假人

从前有户人家，养了满满一池塘的鱼。为了防止鱼鹰来偷吃，主人便用稻草扎了一个假人，竖立在池塘边。

起初，假人倒还真管用，那些鱼鹰吓得只敢在空中盘旋，却不敢飞落下来。可是，时间一长，鱼鹰的胆子便慢慢大起来，它们时不时地从水面上掠（lüè）过，抓起一条小鱼便飞快地逃开。到了最后，鱼鹰见假人老是呆呆地站在那儿，总也不动弹，胆子便更大了。它们不仅天天到池塘中偷鱼吃；飞累了，甚至还停在假人的蓑（suō）衣上、斗笠上，打着饱嗝（gé），梳理着羽毛，好不悠闲自在！

鱼塘的主人见了这副情形，便悄悄地拿走了假人，然后自己化装成稻草人的模样儿，一动不动地站在池塘边。

第二天，那些鱼鹰又按时飞来了，它们偷吃完了，依旧悠哉游哉地站在“假”人身上休息。这时，“假”人眼疾手快，一下子便逮住了这偷鱼贼！

那鱼鹰万万没想到，以往的老规矩竟然不管用了。被捉住后，还不停地叫唤：“呷（假）呷（假）！”主人哈哈大笑：“这次可是真的了！”

死守着过去的老经验，难免会落得可悲的下场！

《权子》

空中楼阁

从前，村里有一个很有钱的大财主，为了要显示自己的富有，决定建造一座又高又大的新楼房。

财主找来建房的工匠，神气活现地说："我要建造一座三层楼的房子，让全村的人都知道，我是最有钱的人！"说完，财主便腆（tiǎn）着个大肚子，一摇一摆地回家去了。

工匠们建造得很快。第二天，当财主来到工地上的时候，工匠们已经造好了第一层，正在继续造第二层呢！

谁知，财主一见新房，立刻暴跳如雷，大发脾（pí）气："谁叫你们这么造的？我是要造三层楼的房子啊！"

工匠们莫名奇妙，分辩说："我们是在造三层楼呀！昨天造好了第一层，现在正在造第二层，明天就能造第三层……"

"错了！错了！全错了！"财主又大声嚷嚷起来，"我不要下面的两层楼，我只要最高的第三层楼！"

这样的房子能建成吗？

没有基础的空想，就像空中楼阁一样，是根本无法实现的。

《百喻经》

骏马与蛤蟆

伯乐是个相马的专家，晚年时，他写了一部《相马经》，把自己毕生的经验都写在了书里。

有一天，伯乐的儿子看到了这部《相马经》，心想："我只要按照书里记载的方法去相马，一定也会成为伯乐第二的！"于是，他刻苦钻研《相马经》，经常拿着书本去寻找千里马。

一次，伯乐的儿子看见书中写道："凡是千里马，额头都高高的，看上去很有光泽；马蹄粗壮结实，像是弯曲重叠似的。"于是，他拿着《相马经》又出门相马去了。途中，他一眼看见池塘中的癞蛤蟆，不由得眼睛一亮："瞧，它的额头也是高高的，多有光泽啊！它的腿也是弯曲粗壮的！对，这一定是匹千里马！"

于是，伯乐的儿子一手拿着《相马经》，一手提着癞蛤蟆，兴冲冲地跑回家中。一路上，他还高声地宣布："我找着千里马啦！"

任何理论都来源于实践。只有理论联系实际，才不会出现类似的笑话啊！

《汉书》

谁该受罚

在一条水沟前，有一座庄严辉煌的庙宇，里面供奉着大王的神像。

有一天，一个青年农夫被又深又宽的水沟挡住了去路，于是，他从庙中搬来了个神像，横放在水沟上，毫不犹豫地踩着神像走过去了。

过了一会儿，又有一个老年人经过，他一看横放在水沟上的神像，便连连摇头："唉！怎么可以这样做呢？"说着，他恭恭敬敬地把神像搬回了庙中，安放平整；又用衣袖仔仔细细地擦去神像上的脚印和灰尘，拜了又拜，这才叹息着离开了。

待老人一走，庙中的小鬼实在憋不住了，愤愤不平叫道："大王！您应该显出威灵来，好好惩罚一下……"

"对，就惩罚那个老头！"大王打断了小鬼的话。

小鬼不由得愣住了，他怀疑是自己听错了："那个青年人对大王这么无礼，怎么……"

"唉！青年人已经不相信鬼神了，我已经无法降祸于他，我们鬼神就是靠人相信，才能装神弄鬼啊！"大王无可奈何地说道。

信则有，不信则无。

《艾子杂说》

乌鸦中计

在所有的鸟类中，乌鸦大概是最狡猾的了。它们一旦发现异常情况，便会立即逃跑。所以，人们想要捕捉乌鸦是十分困难的。

但是，人们却偏偏利用了乌鸦的狡猾，来捕捉它们！

捕鸟人先来到乌鸦聚集的野外坟地里，他们穿着孝服，扎着白布，装扮成前来上坟的人，坟前还摆上了美味的面饼。人们边哭边撒着纸钱，还把面饼撕碎撒在地上，然后从一个坟头转移到另一个坟头，照样地再做一遍。这时，树上的乌鸦们便会探头探脑地飞下来，飞快地啄一下面饼，又迅速地逃跑。噢，原来狡猾的乌鸦是在试探人们的反应呢！

过了一会儿，乌鸦见人们毫无反应，便暗自得意："人们是真的在上坟呢！他们怎能及得上乌鸦聪明呢！"于是乌鸦们纷纷飞下树来，激烈地争夺着面饼。它们非但不把人放在眼里，甚至为了抢吃面饼，人们走到哪里，乌鸦还跟到哪里。

就这样，乌鸦被渐渐地引到了捕鸟的大网前。猛一下子，大网忽然张开，狡猾的乌鸦被一网打尽了！

自作聪明而轻视对手，就会得到乌鸦的下场！

《鸡肋集》

寒号虫

在五台山上生活着一种鸟儿，名叫寒号虫，意思就是“因寒冷而鸣叫的虫”。它怎么会有这么奇怪的名字呢？

原来，寒号虫的模样儿长得很奇怪，它虽然生着一对肉鼓鼓的翅膀和四只脚爪，却不能飞翔，只能在地上蹦蹦跳跳的。每年夏天，寒号虫的身上长满了许多五颜六色的羽毛，非常美丽。于是，寒号虫便觉得自己比万鸟之王凤凰还要漂亮。所以，在整个夏季，其他的鸟儿都忙着采集食物，储存起来以准备过冬；而寒号虫呢，却整天叽叽喳喳地自我吹嘘：“凤凰不如我！凤凰不如我！”什么事情也不干。

谁知冬天一来，寒号虫的羽毛便纷纷脱落下来了。它的身子上光秃秃的，就像一只刚刚孵（fú）出的幼鸟一样。这时的寒号虫，既没有了保暖的羽毛，又没积存起来的食物，它只好整天地缩着脖子，躲在枯草堆中，嘴里还不停地咕叽着：“得过且过！得过且过！”

所以，人们便把这种鸟儿叫做“寒号虫”了。

只贪图眼前享乐而不作长远准备的人，迟早会得到寒号虫的下场。

《高僧传》

穷和尚和富和尚

从前，在四川的边远地区住着一穷一富两个和尚。

有一天，穷和尚对富和尚说："我早就有一个心愿，就是到南海去朝拜观世音菩萨。我准备明天就出发，你看怎么样？"

富和尚一愣，说道："你那么穷，靠什么到南海去呢？要知道，从这里到南海有几千里路啊！"

穷和尚微微一笑，胸有成竹地说道："我只要带上一只装水的瓶子和一只盛饭的碗就行了。一路上，我可以用瓶子装泉水喝，再向别人化缘（yuán）填饱肚子，这不就可以了吗？"

富和尚撇了撇嘴，冷笑道："多少年来，我积攒（zǎn）了许多钱，就是想用来买一条船，然后顺江而下，到南海去朝拜观世音菩萨。可是至今这个愿望还没有实现呢。你只用一只水瓶、一只饭碗，就能……？真是异想天开！"说着，他头也不回地走了。

一年以后，那穷和尚果然从南海朝拜归来了，并且去看望了富和尚。望着穷和尚风尘仆仆的样子，富和尚惭愧地低下了头。

任何事情，只要下定决心努力去做，就一定能战胜困难，取得成功。

《白鹤堂集》

聪明的韩生

秦王很喜欢打猎，每次总是要带上大队的人马，闹得老百姓人心惶（huáng）惶的。

有一次，听说秦王又要来打猎了，当地的百姓便连夜准备搬家躲避。这时，一个姓韩的读书人劝阻大家说："大家放心吧，明天秦王一定不会来打猎的！"

"你是怎么知道的呢？"有人不解地问。

"因为王子生病了，秦王心情不佳，所以一定不会来打猎的。"韩生回答说。

"胡说八道！"一个王宫中的侍卫驳斥韩生，"我每天在王宫中巡逻，王子生病了，我怎么没有听说呢？你又不在王宫中，你怎么会知道王子生病的？肯定是胡说八道！"

韩生微微一笑，说道："我曾经听说过，王子喜欢放风筝；可是，前天、昨天和今天，一连三天，我都没有看见王宫中的风筝。所以，我判断王子一定是生病了，因此，秦王明天一定不会来打猎的。"

第二天，秦王果然没有来打猎。那个王宫中的侍卫也证实说，王子确实生病了！

细致的观察和正确的分析可以使人有先见之明。

《潜书》

河中的石狮子

有一年，河北沧州发大水，将一座寺庙都冲垮了，庙门口的石狮子也滚到了河水中，不知所踪。

几年以后，和尚们准备重建寺庙，便让人去打捞石狮子。奇怪的是，怎么也找不到石狮子。和尚们猜想，石狮子大概被水冲走了吧？于是，便派人到下游去寻找。可是，还是找不着。

这时，一个教书先生拿着一本书对大伙说："石狮子当然不会在下游啦，书中说得很清楚嘛！石狮子坚硬沉重，而河底的沙子却松散浮动；所以，石狮子一定是陷在河底的沙子中了。"人们听后，都觉得教书先生说得有道理。

不料，一位老船夫却哈哈大笑起来，说："我与河水打了一辈子的交道，摸熟了河水的脾性。让我来告诉你们吧，石狮子在河流的上游。因为河水不断地冲击着石狮子，会掏空它下面的沙子，形成一个坎穴。过一段时间，石狮子便会朝上游的方向，倒在坎穴中。就这样，石狮子不断地跌落在坎穴中，就逐渐地'跑'到上游去啦！"

人们听后，大为惊讶，便半信半疑地去上游寻找。嗬，果然在上游的河底给找着了！

丰富的实践经验胜过盲目照搬的书本知识。

《阅微草堂笔记》

狼子野心

从前，有个富翁养了一头小狼。刚开始的时候，小狼很听话，与家里的狗也能和平相处。时间一长，富翁几乎忘了它是一头狼。

一天中午，富翁正在午睡，忽然听见家中的狗狂叫起来。富翁连忙坐了起来，心想："别是小偷进来了吧？"可是，当他巡视了周边之后，却什么也没有发现！

于是，富翁重新躺到了床上，准备再睡。这时，狗却又狂叫起来。富翁觉得很奇怪，将眼睛张开了一条缝，想看看这究竟是怎么回事？

嗬，一看之下，富翁不由吓了一跳：原来，趁他睡熟的时候，那头狼竟然悄悄地向床边逼近。只见那头狼张开了血盆大口，露出了白森森的利齿，就要向富翁的喉咙咬下去！而家里的狗为了保护主人，这才大声地狂叫起来。

这时主人才恍（huǎng）然大悟：狼毕竟改不了吃人的本性！于是，他连忙跳下床来，杀死了这头恶狼，避免了后患。

对于那些表面善良、其实凶性不改的恶人，我们一定要提高警惕啊！

《阅微草堂笔记》

买帽记

梁朝的时候，有一户人家父子俩都是傻子。有一天，傻父亲叫傻儿子去买顶帽子，他对儿子说：“我听说帽子是用来盖住头的，所以你买的时候，一定要记住能装下我的头。”

傻儿子来到了集市，四处寻找帽店。店主给他拿出一顶黑色的粗绸帽子。可是他见这东西叠在一起，心想：这扁扁平平的东西怎么能装得下一个脑袋呢？所以价钱也不问，掉头就走。

傻儿子花了整整一天的时间，走遍了集市的所有卖衣帽的店铺，始终也没有找到父亲说的那种帽子。最后，他来到一家瓦盆店，看到店里有一只大口瓦瓮（wèng），正好比头稍大些。他想：“这不是正好可以用来装头吗？也许就是父亲所说的帽子。”于是他就买了一个带回去，并高兴地对父亲说：“我整整花了一天时间才找到这顶帽子，您瞧，它正好可以装进一个头。”

傻父亲一戴，果然正好。这“帽子”不仅能盖住头，而且能够戴到脖梗（gěng），他很满意。只是戴上这“帽子”后，脑袋又疼又闷，而且看不见东西。以后，每当他戴上帽子，只能坐在家里，连一步也不敢走。

从一个片面的定义出发，并且自以为是，难免会闹笑话，甚至吃苦头。

《启颜录》

狮猫

明朝万历年间，皇宫中发现了一只特大的老鼠。那老鼠长得跟猫差不多大，还咬死了好几只前来捕捉它的猫呢！

有一天，宫女们抱来了一只号称“捕鼠能手”的狮猫，放在老鼠出没的房间中。

不一会儿，那只大老鼠鬼头鬼脑地钻了出来，它一看见狮猫，立即恶狠狠地扑过去，准备像前几次一样，一口咬死狮猫。而狮猫呢，一闪一跳，一下子便跃上了桌子。待老鼠也跳上了桌子，狮猫却又跳回了地面，就这样，一来一去，跳了不下一百个回合！

这时，宫女们失望了：这算什么“捕鼠能手”？竟然被老鼠追得上蹿下跳的。

不一会儿，只见老鼠的跳跃速度越来越慢了，不时地喘(chuǎn)着粗气。眼看就要支持不住了。这时，说时迟，那时快，乘着老鼠停下来休息的一瞬间，狮猫一跃而起，一下子扑到老鼠身上。它用尖利的爪子紧紧地摁住老鼠的脑袋，张开大口，朝老鼠的脖子狠狠地咬下去！只听见一声哀号，那只大老鼠终于倒地而死了！

这时，宫女们才恍然大悟：狮猫开始时的躲避，并不是害怕，而是一种策略啊！

对付凶恶的敌人，不仅要勇敢，而且还要有谋略。

《聊斋志异》

酿酒的方法

有个人想学酿（niàng）酒，便向酿酒师傅请教怎样酿酒。师傅告诉他：“先用一斗（dǒu）米煮成饭，然后加入一两酒曲，再掺上二斗水，把它们搅拌均匀，并保持一定的温度。七天后，就可以酿出香喷喷的美酒啦！”

于是，那人高高兴兴地回家去了。他找出一只酒缸，灌入二斗水，再加上一两酒曲，并仔细地搅拌均匀。并把酒缸捂在棉花套中。

七天之后，那人小心翼翼地掀开了酒缸，深深地吸了一口气。咦，怎么没有酒香呢？他伸出手指，蘸（zhàn）了蘸缸中的“酒”，放在口中一尝，这哪儿是酒，明明是水嘛！

于是他气鼓鼓地去找酿酒的师傅，大骂师傅骗人，传授给他假的酿酒方法。

师傅也很奇怪，说：“这绝对不可能！你再想一想看，到底是什么环节上出了差错？”

那人低着头想了半天，终于记了起来。他不好意思地说：“唉！我放了水，拌了酒曲，却偏偏忘了放米！”

米，是酿酒最重要的原料，也是产酒的根本所在。舍本逐末，怎么可能酿出酒来呢？

《雪涛谐史》

中山狼

一头被猎人射伤的老狼拼命地逃跑，遇到骑着毛驴正在赶路的东郭先生，驴上还驮着一口袋书。狼奔到东郭先生的面前，苦苦地哀求道："先生，我可是一头从不吃人的狼啊！现在，我受了伤，后面有人追我，你一定要想办法救救我呀！"

东郭先生看到狼可怜的样子，心肠便软了下来。他取出了口袋中的书，让狼藏在里面。并骗走了追来的猎人。

等到猎人走远了，东郭先生便放出了狼。不料，狼先前的可怜相一扫而空，只见它张开血盆大口，狞笑道："先生，我可饿坏了。我要吃了你！"说着，就张牙舞爪地扑了上来！

东郭先生没想到中山狼会恩将仇报，他只能赶着毛驴奔跑逃命，狼在后面紧紧地追赶。这时，正巧一位老人向他们走来。东郭先生急忙奔上前去，详细地诉说了事情的经过。听完后，老人摇了摇头，说："我可不相信。这么小的口袋，怎能装进一头狼呢？你们肯定在说谎！"狼急忙说道："这是真的！"便自个儿钻进了口袋，还让东郭先生照原来的样子，把口袋扎好。

这时，老人捋着胡子笑了，示意东郭先生杀了狼。东郭先生这才恍然大悟：狼终究改不了吃人的本性！对恶狼是不应该有怜悯之心的。

对待恶人或恶势力不要有丝毫怜悯之心，一定要除恶务尽，否则必会反遭其害。

《东田文集》

爱挑剔（tì）的驴子

有一头驴子在菜农家里干活。主人让它驮着蔬菜进城出城，驮着肥料从家里到菜地，每天这样来来回回，而吃的都是菜叶子。驴子不高兴了，就对主人说："主人啊，主人啊，你这里每天的活都很重，但吃的太少，每天都是菜叶子。你还是帮我换个主人吧。"种菜的主人没有办法，就把它卖给了一个制陶器的工人。

制陶器的工人买了这头驴，每天让它驮运泥土和陶器。相比驮运蔬菜和肥料，这个重量就重多了，可是吃的还是原来那么多。过了一段时间，驴子受不了了，便央求主人说："主人啊，主人啊，你这里驮的泥土和陶器都很重，还不如我以前驮运蔬菜轻松呢！求求你帮我换一个主人吧！"制陶器的工人没有办法，就把它卖给了一个皮匠。

皮匠买了这头驴，也没有让它闲着。每天早上，皮匠要将制作好的皮鞋拉到集市上去卖；每天晚上，皮匠要将收购的皮革拉到自己家里。一路上，驴走得慢了还要挨打。就这样，事情多得做不完，驴子很是不满，它叹息着说："我也太不走运了！要是留在以前的主人那儿就好了，现在这皮匠恐怕还想用我的皮呢！"

一个人只想轻松，不愿吃苦，到头来不会有好的结果。

《伊索寓言》

苍蝇推马车

七月的中午，太阳非常毒辣，仿佛要把大地烤得着火一般。

一匹马正拉着贵族一家人在小山上走着，车子上载着的东西沉甸甸的。遇到了一个上坡，马儿口干舌燥，精疲力尽，怎么也走不动了。车夫使劲地鞭打马背，但也无济于事。看着马儿辛苦，贵族一家都下了车来。但货物实在是太多，马儿拼了所有的力气在慢慢行进。

这时候，一只苍蝇飞了过来，嗡嗡地说："马儿马儿，看你这么辛苦，就让我来帮你吧！"于是，它时而在马头上拉拉马的鬃毛，时而在马背上叮一叮，时而在马前嗡嗡叫上一阵。

马儿很烦它，但也没有办法，只能一边拉着车子慢慢前进，一边甩起尾巴不断地驱赶苍蝇。过了好一会儿，马儿终于把车子拉上了平坦的路面。这时候，苍蝇大声嚷嚷说："这下可好了，车子终于拉上平路了，再忙一会儿我就要累垮了！再见！祝你们一路平安！"

有的人做事并不真正顶用，可是会吹嘘，仿佛他就是大功臣。

《克雷洛夫寓言》

恶狗占屋

有一只猎狗快要生小狗了，于是，它来到同伴的窝棚旁边，说：“朋友啊，我马上要生小狗狗了，你把这间窝棚借给我吧。我生下小狗狗之后就还给你。”它的朋友看到它挺着肚子，确实需要帮助，便毫不犹豫地将窝棚借给了它。

过了不久，那只猎狗生下了小狗。朋友对它说：“你已经生下了小狗，该把窝棚还给我了。”猎狗说：“你还是再缓几天吧，我的孩子才刚刚会走路。现在就叫我搬出去，我的孩子还没办法走动呢！”朋友觉得它说得有道理，便没有再坚持。

又过了一段时间，朋友又对猎狗说：“你现在生下了小狗，身体恢复了，连小狗也会走路了，你应该把窝棚还给我了吧！”这时候，那只猎狗露出白森森的牙齿叫唤几声，将它结实强壮的小狗们全部叫了出来，然后冲着朋友恶狠狠地说：“来吧，只要你有本事把我们都赶出去，你就可以住这个窝棚！”

对存心不良的人迁就让步，那人就会得寸进尺，最后让步的一方反而会陷入困境。

《拉封丹寓言》

翡翠鸟筑巢

翡翠鸟喜欢在荒凉偏僻的海边岩洞中筑巢。这是为什么呢？

原来，翡翠鸟之所以叫做“翡翠鸟”，是因为翡翠鸟的羽毛颜色艳丽多彩，有蓝色、绿色、红色、棕色等。这些漂亮的羽毛总是被人们拿来做装饰品，或插在帽檐上，或别在胸口，或制作别的饰品。久而久之，翡翠鸟意识到人类的危害，便把家迁到海边的岩洞中去了。

有一只翡翠鸟不辞辛苦将家迁到了海边，在临海的一块岩石上筑好了巢。不久之后，它在这里孵出了一群小鸟。它非常高兴，因为这里靠海，有充足的食物；又远离人类，不会受到骚扰。后来有一天，它照常出去找食物，不料海边突然刮起了暴风，海面掀起了滔天巨浪。没过多久，翡翠鸟的巢便被卷入海中，还不会飞的小鸟尽数淹死在海里。

翡翠鸟回来看到这样的情景，伤心地说：“我真是不幸啊！我用足心思防备了陆地上的人类，才逃到这荒凉偏远的海边筑巢，不料海边更加靠不住啊！”

做任何事情，对可能发生的危害要尽量考虑周密。否则，将会产生不好的结果。

《伊索寓言》

富翁和鞋匠

大富翁居住在华丽的大宅子里，他的食物珍贵而又精美，他的金银财宝数也数不清。但是，这个富翁一点都高兴不起来，他总是担心自己破产，担心被强盗抢劫。于是，他每天晚上都睡不着。白天感觉累了，想小睡一下，却总是被隔壁鞋匠的歌声吵醒。

隔壁的穷苦鞋匠，是个爱笑爱唱的家伙，他从早到晚，又从晚上直到深夜，歌声没完没了。富翁跟鞋匠说你不要老是唱歌，但鞋匠怎么也憋不住。过了很长时间，富翁想到了一个办法。

一天，他拿出五十个金币给鞋匠，表示对他的好感。鞋匠非常高兴。他一会儿把钱袋紧紧藏在外套里边，一会儿又把它埋在地板底下。他也整夜整夜合不上眼，一点点动静都让他心惊肉跳，如果猫儿抓抓地板他就断定是盗贼在掘洞了，他立刻浑身发冷，从床上跳起来竖起耳朵细听！于是，他再也没有心情唱歌了。

想了很久，鞋匠终于把金币还给富翁，说："因为财富而丢掉歌唱，丢掉睡眠，哪怕给我一百万金币我也不要！"

为了财富而失去快乐是得不偿失的。

《克雷洛夫寓言》

公牛打架，青蛙遭殃

已经是初夏了，田野中满眼看去都是青草，嫩（nèn）绿嫩绿的。刚刚下过雨，空气特别清新，草地旁边的池塘里，青蛙呱呱地叫起来，特别热闹，仿佛在说：多么好的天气啊，大家都出来玩吧！

这时，两头正在吃草的公牛却打起来了。原来，嫩草的味道非常好，它们吃着吃着吃到了一块儿，头撞在了一起。于是，两头公牛互不相让，就打了起来。战斗进行得很激烈，让旁边的青蛙都安静了下来。

忽然，一只青蛙唉声叹气起来，表现出非常着急的样子。旁边的青蛙就问它说："这么激烈的场面难得一见，你好好看着就可以了，干嘛唉声叹气的啊？"这只青蛙说："你难道没想到吗？它们打架的结果，一定是一个撵（niǎn），一个跑。等下被赶跑的那头牛在草地上呆不下去了，一定是慌不择路，很可能会朝着我们这边来，谁要是被踩到的话就惨了！"

果然，一头牛被打败了，慌不择路冲到了池塘旁边，不大一会儿就有好些青蛙被踩死了。

大人物的争斗会造成小人物的灾难。

《拉封丹寓言》

黄狗和黑狗的“友谊”

暖暖的太阳照在大地上，让这个下午特别地温馨。你看，一户人家的厨房外面，一只黄狗和一只黑狗正懒洋洋地躺在墙角边晒着太阳。

这时，黑狗打了个哈欠，伸了伸懒腰，慢条斯理地说：“跟你这样忠实可靠的朋友在一起生活，大家互相帮助，互相照顾，就像一家人一样过日子，日子肯定过得非常舒服，非常快乐，你说是吗？”

黄狗缓缓地抬起头，对着黑狗笑了一笑说：“是啊！像我们这样白天黑夜都生活在一起，本应该互相关照，不争不抢地过日子。现在想想，我们原来没有一天不打架，是多么错误的行为啊！这太叫人难过了！打架总是不对的，我们从今天起应该好好相处，让人们看看，我们俩之间的友谊是世界上最真挚（zhì）的友谊！”

两只狗都朝着对方露出微笑，又互相握着脚爪，互相拥抱，好像它们是世界上最要好的一对朋友。这时候，厨房里扔出来一根骨头。只见它们像闪电一样同时扑上去，你咬我拽（zhuài），咬牙切齿，扭打成一团，谁也顾不上什么友谊了。

自私的人之间不会有真正的友谊。

《克雷洛夫寓言》

过路人与狗

太阳就快要下山了，留给世界一片绯（fēi）红的晚霞。劳作了一天的人们，都在这时候收拾好农具准备回家了。乡间的路上，有两个人却正在抓紧时间赶路，一个人说：“天不早了，我们要尽快穿过村子去那边的镇上投宿。”另一个人回应说：“是啊是啊，今天走了很多路，要好好休息一下了。”

忽然，旁边的门洞里蹿出一只大狗，冲着他们俩汪汪直叫。一个人吓了一跳，但镇定下来便继续赶路。不一会儿，别人家的狗也都跑出来了，都冲着他俩大声吼叫起来。另一个人回头一看，后面跟着一大群狗，挤满了整条道路。它们的叫声此起彼伏，没有一点停歇。

看着那么多狗跟在后面，回头看的那个人有点心慌，生怕哪只狗冲上来咬自己一口。为了壮胆，他一边哼着小调，一边从路边捡起一小块石头想扔过去。他的朋友刚好看到，便赶紧阻止他说：“别扔，别管它们，让它们叫好了！你永远没办法阻止狗叫的，但你的石头扔过去，只会惹怒这一大群狗，那就更糟了。我们走我们的，连头也不要回！”

果然，他们走出去五十步以后，狗的叫声便渐渐稀疏下去，越来越少了。

只要自己的路是正确的，就只管往前走。

《克雷洛夫寓言》

狐狸和仙鹤互相请客

一只狐狸在森林里很无聊，看到了仙鹤，便有心捉弄她一下。于是，狐狸热情地上前打招呼："仙鹤大姐，很长时间没见到你了，最近都在忙些什么啊？这样吧，约个时间，我请你吃顿饭吧。"仙鹤见到这么客气的狐狸，也非常高兴，连连表示感谢，说："呵呵，这怎么好意思呢？我明天有时间，就明天吃饭吧。"

第二天，狐狸忙活了一上午，就只弄了一小盘很稀的汤，盛在盘子里端了出来。仙鹤本来满怀兴致地赶过来吃大餐呢，结果只看到一点点汤水。汤水也就算了，关键它是用盘子装着的。仙鹤嘴长，左戳（chuō）戳，右戳戳，却什么也没吃到。狐狸却一点都不客气，三下五除二就把汤都舔（tiǎn）光了。仙鹤受了捉弄，但又不好说什么，反而对狐狸说："谢谢你的热情款待，过几天我请你吃好吃的！"

过了几天，狐狸收到了仙鹤的邀请，也兴致勃勃地赶了过去。只见仙鹤炖了烂烂的肉羹（gēng），颜色香味都很诱人，却是装在一只长颈细口的瓶里。狐狸朝里面看看闻闻，伸长了舌头却够不到，而仙鹤长长的嘴插进去则够着了食物。狐狸只好看着仙鹤美美地吃东西，自己淌着口水干瞪着眼。

捉弄别人的人，往往也会受别人的捉弄。

《拉封丹寓言》

猴子小姐的眼镜

随着年龄的增大，森林里的美女——猴子小姐，觉得自己的视力渐渐没有以前好了。以前的她，长着大大的眼睛，长长的睫（jié）毛，曾经让很多年轻公猴为她倾倒。她的眼神也特别好，老远就能看清隐藏在绿叶间的碧桃，但现在好像看得不那么真切了。于是，她四处打听有什么改善视力的方法，终于有一天，一个人告诉她：“这个很简单，你去城里配一副眼镜就好了。”

猴子小姐仿佛找到了什么治眼睛的祖传秘方，一溜烟地跑进城里弄了副眼镜来。或许是走得太急，她连眼镜怎么用也没问清楚就拿回来了。她先是把眼镜顶在头上，再往前看，视力没有什么改善；她又把眼镜套在尾巴上，再看四周，还是有那种模糊不清的感觉。她拿着眼镜放到鼻子下闻闻，也闻不到什么味道；又拿起眼镜来舔一舔，远没有桃子那样香甜的味道。

折腾了好长一段时间，她觉得眼镜并不管用，便又气又急地嚷嚷起来：“该死！我可上了当了！原来人告诉我眼镜怎么怎么好，怎么怎么管用，全是骗人的谎话！”说完，她一把抓起眼镜，使劲朝地上摔去，碎玻璃溅得到处都是。

再好的东西到了无知的人那里，也是没有用的。

《克雷洛夫寓言》

狐狸的尾巴

寒冬腊月的天气，湖面上早就结了一层厚厚的冰。森林里很多动物都呆在自己的窝里不愿意出来。忽然，一个火红的身影慢慢走了过来——那是一只狐狸，一只有着火红色皮毛的狐狸。它在找水喝。

狐狸在湖边呆了一会儿，便兴冲冲地朝湖中心的冰面走去。那里有一个被人凿出的冰窟窿（kūlong），人们刚从那里钓了鱼走了，狐狸便从窟窿里喝水。正当狐狸喝饱了水，心满意足准备离开的时候，它才发现，它的漂亮尾巴不知道什么时候拖进了冰水里，被一层薄薄的冰冻住了。它正想用力拉出来，忽然又担心会弄掉尾巴上的毛，影响自己的美丽形象。“不如等冰化掉一些，我就可以小心翼翼地拿出尾巴了。”它这样想着。

等了好一会儿，冰不但没有化掉，反而越结越厚了，尾巴也越冻越牢，它想拔也拔不出来了。于是，它开始焦急起来。这时，狼走了过来，听了它的请求，便爽爽气气地一口将狐狸的尾巴咬断了。断了尾巴的狐狸顾不上疼痛，一溜烟跑回家去了。

解决问题时，不肯付出小的代价，错过了时机，就会造成更为惨重的损失。

《克雷洛夫寓言》

两个女儿的愿望

有一个老人，他辛辛苦苦将两个女儿拉扯大，并把她们嫁了出去。大女儿嫁给了菜园主，二女儿嫁给了制陶工。有一天，老人很想念两个女儿，便念叨着去这两家看看，看看自己有什么能够帮上忙的。

老人先去了大女儿家。大女儿好吃好喝地伺候了父亲，然后又带着他去参观了自己的菜地。那个菜地很大，种满了绿油油的蔬菜。老人非常高兴，就问大女儿说："我还能帮你做点什么呢？"大女儿说："我这边一切都好，就是地太大，浇菜有点辛苦，希望你求求老天爷多下几场雨就好了。"

过了几天，老人又去了二女儿家。二女儿也是好吃好喝地伺候了父亲，然后又带着他去参观了自家的制陶工场。只见工场里有很多架子，上面放着各种各样的陶器，像水罐、陶碗啊什么的。老人也非常高兴，就问二女儿说："我还能帮你做点什么呢？"二女儿说："我这边什么都好，没有什么不满足的，只是希望老天爷别下雨，让陶器快点干就好了。"

老人犯难了，说："你希望出太阳，而你姐姐希望下雨，我该向老天爷求什么呢？"

工作不同，处境不同，愿望和需求也就不相同。

《伊索寓言》

田鼠和家鼠

有一只田鼠和一只家鼠是好朋友。

有一天，田鼠遇见了家鼠，就热情地邀请家鼠去自己家里面做客。家鼠便兴致勃勃地跟着去了。田鼠拿出平时舍不得吃的大麦和稻谷说："吃吧，这是我们这里最好的东西，吃起来很香的。"家鼠吃了几口，便觉得食物太粗糙（cāo），又没有香味甜味，便说："啊呀，你简直是过着像蚂蚁一样的生活，我那里好吃的东西多得很，你还是跟着我去享受吧！"田鼠犹豫了一下，便跟着去了。

家鼠将田鼠带进了人的家里，然后像主人一样指点着给田鼠看："你瞧，这是黄豆、谷子，都是等级最高的那种。那边，红的是红枣，特别香的那个是奶酪（lào），那个盆里装的是很甜的蜂蜜，这边篮子装的都是昨天刚摘回来的新鲜水果。"田鼠看了这些，觉得确实比田野里的东西好，于是连声称赞。

两只老鼠客气一番，正准备吃的时候，"吱呀"一声门开了，有人进来拿东西。两只老鼠大吃一惊，飞也似地蹿回洞里。过了一会儿，它们又出来吃东西，哪知又有人进来，它们急忙又跳进洞里去。如此反复了几次，田鼠对家鼠说："朋友，你尽管担惊受怕地去享受吧，我还是情愿平平安安地啃我的大麦。"

简陋而平静的生活胜过提心吊胆的享乐。

《伊索寓言》

蜘蛛织网卖

人来人往的集市上，布店老板的生意今天特别好。昨天刚刚进的货，颜色亮丽，款式新潮，今天一早就卖出去了大半。傍晚的时候，集市上的人们慢慢散去，布店的老板专心数着钞票，脸上全是掩饰不住的笑容。毫无疑问，今天赚了很多很多钱。

这一切，都被墙壁上的一只蜘蛛看在眼里。蜘蛛想：原来卖布这么赚钱，布不就是织出来的吗？我也会织呀，我也可以织一些去卖，也可以赚很多很多钱啊！这真是一本万利的生意！于是，蜘蛛说干就干。它先在房间里爬过来爬过去，终于选定朝街的窗台。因为今晚上在这里织好，明早上就可以直接在这里卖了。蜘蛛立刻动手织网，花了整整一夜的功夫……

第二天一早，蜘蛛看着自己织好的精美的网，自我感觉非常良好，它得意地想：我相信，等一下，顾客们马上就会围拢过来了！这时候，布店的老板打开临街的窗户准备开张，一看见这张蜘蛛网，就拿起拖把一抹，蜘蛛和它的店铺全都掉了下来。蜘蛛伤心透了，说：“我织出来的网不是很漂亮吗？为什么这样对待我呢？”旁边经过的一只蜜蜂听见了蜘蛛的话，回答说：“你的网是漂亮，可是对人有什么用处呢？”

漂亮而无用的东西，是没什么真正价值的。

《克雷洛夫寓言》

鹰与鼹鼠

一对鹰夫妇准备在森林里面定居。经过好几天勘（kān）察调研，它们最后选定一棵高大的橡树作为定居点。

一只鼹（yǎn）鼠劝阻说："您看着这树还枝繁叶茂的，其实根部已经受损很厉害了，随时都有倒掉的危险。您还是不要在这里筑巢的好！"

雄鹰轻蔑地笑了笑说："你知道什么啊？我们鹰的眼睛是世界上看东西最清楚的。我们选定的树还会有错吗？不劳您操心，我们还要抓紧时间筑巢呢！"鼹鼠有点郁闷地离开了。鹰一家也就全部搬了进去，不久又生下小鹰，长得活泼可爱。

有一天，雄鹰外出打猎，当它带着猎物回来的时候，看见橡树已经倒掉，而原本快乐生活在其中的雌鹰和小鹰全部摔死了。鼹鼠对雄鹰说："因为你瞧不起我，不肯听我的忠告，所以才会有这样的结果。你要知道，我专门在地下打洞，最了解树根的情况了。"听不进忠告，很可能导致重大失误。

《克雷洛夫寓言》

梦想王位的鹿

森林之王狮子生病了，让狐狸给自己找一头鹿来。狐狸唯（wéi）唯诺诺地答应了。

找了好一阵，狐狸找到了一头鹿，狐狸对鹿说："狮子大王病得很重，想找一只动物去继承它的王位。想了很久，最终选中了你。因为你年纪大，个子也高，其他动物都怕你的刚劲有力的角和蹄子。你跟我去见狮子吧！"鹿一听，便屁颠屁颠地跟着狐狸去见狮子。狮子一见到鹿，就用脚爪去抓它的耳朵。鹿立马跑掉了。

狮子很惋惜只得到一只鹿耳朵，就叫狐狸再去骗一只鹿过来。狐狸花了一点功夫，又找到那只鹿，说："狮子大王抓住你的耳朵，只是想告诉你怎样做王，你却那样胆小。现在狮子大王很生气，想把位子让给狼了。你最好再去一趟，好好劝大王回心转意。"鹿仔细想想自己的行为，确实有点不好，再想想唾手可得的王位，又心有不甘，便再一次屁颠屁颠跟着狐狸去见狮子了。

狮子一见到鹿，马上扑上去将它撕了个粉碎，高兴地吃起来。吃着吃着，鹿的心掉下来了，狐狸偷偷把它藏了起来。狮子问道："这头鹿怎么没有心呢？"狐狸说："它没有心，不然怎么会两次到您这儿来呢？"

对名誉地位过分追求会蒙蔽人心，使人丧失理智。

《伊索寓言》

农夫和树

农夫的田地里有一棵大树，长得枝繁（fán）叶茂，郁郁葱葱，却从来不结果子。于是，农夫决定把这棵没用的树砍掉，拉回去做柴烧。但是，树上住了很多麻雀和知了，它们都向农夫请求：“不要砍，不要砍，这是我们世世代代的家园。”

农夫没有理睬，拿起斧头使劲砍了一下。麻雀和知了们都慌了，便叽叽喳喳地请求说：“不要砍，不要砍，我们以后都唱歌给你听。”

农夫听到叽叽喳喳一片叫声，越发觉得烦闷，便丝毫不考虑麻雀和知了的请求，拿起斧子又狠狠地砍了一下。麻雀和知了焦急万分，又向农夫请求说：“不要砍，不要砍，我们以后不仅唱歌给你听，还跳舞给你看。”于是它们成群结队在树上跳起舞来。

农夫看了一会，觉得没趣，还是决定砍树，于是拿起斧子又砍了第三下，在树干上砍出一个洞来。农夫朝里面一瞧，只见洞里有一大窝蜜蜂，还有大团大团的蜂蜜。他小心翼翼地用一根手指伸进去，蘸（zhàn）了点蜂蜜放进嘴里，啊，真甜！他立即扔下斧头，再也舍不得砍这棵树了，而是精心地保护它。

真正有用的东西，才具有保留的价值。

《伊索寓言》

狼来了

从前，有个牧羊人觉得有些无聊，便开始动起了歪脑筋。于是，他对着山下大声地喊："狼来了——狼来了——"

这一叫，田间正在忙活的农民们拿起锄头、耙子等赶紧往山上跑来。牧羊人看到大家慌乱的样子，觉得非常有趣，便哈哈大笑起来。这时，一个农夫气喘吁（xū）吁地跑了过来，说："狼在哪里？狼在哪里？"牧羊人好不容易才止住笑声，说："呵呵，哪里会有狼呢？我这是骗你们的！"后面跑来的人听到这话，才知道上了当，只好怏怏地回去了。后面几天，牧羊人照常放羊，无聊的时候便在山间喊几声"狼来了"，让农民们又白跑了几趟。

忽然有一天，山上果真下来几只狼。它们东蹿西跳，见到羊就咬断脖子。牧羊人这下真的慌了，赶紧朝山下喊："狼来了——狼来了——"声音比任何时候都要大，都要响亮，都要急促，但山下的农民们还以为又是牧羊人的恶作剧，便照常干着手中的活，一点也没有上山打狼的意思。没过一会儿，牧羊人的羊都被咬死了。

说惯谎话的人，就是说了真话，也没人会相信。

《伊索寓言》

山羊和驴子

农夫家里养了一只山羊和一头驴子。山羊每天按时出去吃草，晚上到圈里睡觉。而驴子既要帮农夫驮运粮食等很重的东西，又要没日没夜地拉磨。当然，它们的饲料是有差别的。农夫给山羊吃的就是一般的草料，给驴子吃的，除了草料之外，还有很多精细的特别的饲料。

山羊将这一切都看在眼里，对驴子专享精细饲料特别嫉妒。于是，它走到驴子身旁说："啊呀，你真是命苦啊！你看看，一会儿要驮东西，一会儿要拉磨，一会儿要拉车，真命苦啊！"驴子说："我生来就是干这个的，不然怎样呢？"山羊赶紧凑着驴耳朵说："不如这样，你出去驮东西的时候假装跌倒，掉到坑里，这样你就可以休息了。"

驴子将山羊的话记在心上，便趁着某一天出门驮东西的时候，装作一不小心跌进了坑里，弄得全身是伤。农夫非常伤心，赶紧请兽医来为驴子治病。医生瞧过之后说："只要用山羊的肺煎汤给驴子吃，它的伤很快就会好的。"农夫一听，便用最快的速度，赶紧把山羊给杀了。

因为嫉妒而算计别人，结果自己也没有好下场。

《伊索寓言》

农夫的遗产

有个农夫快要病死了。在奄奄一息的时候，他把儿子们都叫到床前，一字一句地嘱咐说："孩子们，我就要离开这个世界了，但是又放心不下你们。不过，我在葡萄园里早就埋下了很多宝贝，你们要亲自去挖，去将宝贝一件一件挖出来，以后过日子就不用愁了！"说完不久，农夫便去世了。

他的几个儿子料理好父亲的后事，便赶紧带着家人，拿起锄头等向葡萄园奔去。后面的一段日子里，他们及家人起早贪黑地在葡萄园里忙活。先是用锄头挖地三尺，然后用耙子一层一层地耙散（sǎn）泥土，再用筛子一点一点地筛过。如此这般，将葡萄园翻了个遍，几个儿子谁都没有发现一丁点值钱的东西，便悻悻地回家去了。

第二年，葡萄丰收的季节到了，只见他们的葡萄园里挂满了一串串碧色的、紫色的葡萄，晶莹剔（tì）透。几个儿子合力摘了全部的葡萄，结果发现，今年的收成比以往任何一年都要多得多。这时候，他们才真正了解父亲的用意，明白父亲在葡萄园里留下的宝贵遗产是什么。

勤劳是人最宝贵的财富。

《伊索寓言》

朋友

两个要好的朋友正在山间赶路，一路上有说有笑的，似乎感情很好。这时，前面路口拐弯处出现了一个大大的黑色身影。后面的那个仔细看了看，说："好像是一头熊，正朝这边走过来了！"两个人慌了，看看周边又没什么可以躲藏的地方，跑的话又跑不过熊。

眼看熊越走越近，后面那个人选准了一棵树，"哧溜哧溜"赶紧爬上去躲了起来。他怕发出声音引起熊的注意，所以跟前面的朋友连招呼都没打。前面那个人已经来不及逃跑，便故意倒在地上，忍住呼吸装死。一会儿，熊走了过来，用鼻子嗅（xiù）来嗅去，口水直流，但对眼前的死人并不感兴趣，所以又慢慢地往前走了。

待熊走开，躲在树上那人蹑（niè）手蹑脚地从树上滑下来。他看见装死的那个人脸色煞（shà）白，冷汗直冒，便轻轻地问："你还好吧？刚才熊在你耳朵边说什么话了？"装死的那个人惊魂未定，没好气地说："熊说了，以后别再跟那种危险的时候见死不救的人做朋友了！"

在生死关头，相互援（yuán）助、共渡难关的朋友，才是忠实可靠的朋友。

《伊索寓言》

蚊子和狮子

一只蚊子嗡嗡地满世界找对手。它飞到狮子面前说：“狮子啊狮子，你号称森林之王，但是我不怕你，你并不比我强大。因为你的本事只不过是用牙齿咬，用爪子抓。这一套别人也会做的。我肯定比你强，不信我们就打一场，看看究竟是谁厉害！”

狮子很不服气，便跟蚊子打了起来。蚊子吹着喇叭（lǎba），冲上前去，在狮子的脸上鼻子周围没有毛的地方乱叮一气。狮子气急败坏，上下扑腾，使劲用脚爪乱抓，不一会儿，它的脸就被自己的爪子抓破了，到处是血痕。没办法，狮子只好低头认输，夹着尾巴悻（xìng）悻地逃跑了。

蚊子打赢了狮子，便觉得自己是世界上最厉害的动物，更加忘乎所以，一路上吹着喇叭，到处炫耀（xuànyào）自己的本事：“我打败了狮子，我才是森林之王……”就这样飞来飞去，不可一世，不料迎头撞上了蜘蛛网，便再也挣不脱了。

就在要被蜘蛛吃掉的时候，蚊子不停地唉叹：“我轻而易举地战胜了狮子，却被小小的蜘蛛吃掉，真是没道理！”

世上一物降一物，任何人都不能自以为是世界上最了不起的。

《伊索寓言》

驮盐的驴子

驴子总要帮主人驮很多很多东西，虽然很重，但也没有办法。有一天，主人在驴子背上放了两大袋盐，让驴子驮着走。驴子小心翼翼地一步一步朝前走，走到河边的时候却踩上了松动的石块，一不小心掉进河里去了。驴子在河水中不断地挣扎，费了好大的劲才爬上河岸。这时，它感觉自己的背上几乎没什么重量了。原来，在河水的冲刷下，盐几乎都溶化了，而驴子背上只剩下空口袋的重量。

驴子只因为感觉到自己的背上轻松了很多，便开心地想："河水真是个好东西，什么东西只要进去泡一泡，立马就轻松了，以后还可以这样干。"

第二次，主人买了一大捆海绵，绑（bǎng）在驴子背上驮回去。海绵虽然不是很重，但驴子想："不如拿河水泡一泡，肯定会轻松不少。"于是，驴子沿着河岸走的时候，假装一不小心踩空，又掉进河里面去了。这次，掉进河里的驴子还是拼命挣扎，不料海绵慢慢地吸收水分，变得越来越沉。到海绵吸足水的时候，驴子已经完全不能承受它的重量，再也站不起来，一会儿就淹死了。

失败常常是因为完全凭经验办事而不管实际情况的变化。

《伊索寓言》

芦苇和橄榄树

海边有很大一片橄榄（gǎnlǎn）树林。橄榄树的旁边还有更大一片芦苇。它们本应该是和谐相处的，但是橄榄树总是看不起芦苇，轻蔑（miè）地说：“你们芦苇啊，真的是没什么出息，不管什么风吹过来，你们总是赶紧弯下腰去。你再看看我们橄榄树，每棵树都有粗壮的枝干，刚强的力量。不管是什么风来，我们都是傲然挺立，无所畏惧。”芦苇默默地听着橄榄树的批评和讽刺，一句话都没说。

没过多久，海边刮起了暴风。狂风席卷着乌云，夹杂着暴雨，铺天盖地，呼啸而来。芦苇早早就弯下了腰，伏低了身子，差不多要卧倒了，大风擦着芦苇过去。风刮了很长时间，芦苇都觉得自己快站不起来了，更顾不上看橄榄树的“铁干铜枝”。

过了一段时间，暴风雨终于停息了，阳光重新洒满大地，一条彩虹横过天际。芦苇缓缓地挺起身子，享受着和煦（xù）的阳光。再看看橄榄树，它们的枝条大部分被吹折了，横七竖八地躺在地上。它们的叶子也被暴雨打得七零八落的，不成样子。

刚强易折，耐性和柔韧（rèn）的力量最能经得起磨难。

《伊索寓言》